Tucholsky
Wagner
Zola
Scott
Sydow
Fonatne
Freud
Schlegel
Turgenev
Wallace
Twain
Walther von der Vogelweide
Fouqué
Friedrich II. von Preußen
Weber
Freiligrath
Frey
Fechner
Fichte
Weiße Rose
von Fallersleben
Kant
Ernst
Richthofen
Frommel
Engels
Fielding
Hölderlin
Fehrs
Faber
Flaubert
Eichendorff
Tacitus
Dumas
Eliasberg
Ebner Eschenbach
Feuerbach
Maximilian I. von Habsburg
Fock
Zweig
Ewald
Eliot
Vergil
Goethe
Elisabeth von Österreich
London
Mendelssohn
Balzac
Shakespeare
Dostojewski
Ganghofer
Trackl
Lichtenberg
Rathenau
Doyle
Gjellerup
Stevenson
Hambruch
Mommsen
Tolstoi
Lenz
Droste-Hülshoff
Thoma
Hanrieder
Dach
Verne
von Arnim
Hägele
Hauff
Humboldt
Reuter
Karrillon
Rousseau
Hagen
Hauptmann
Gautier
Garschin
Damaschke
Defoe
Hebbel
Baudelaire
Descartes
Hegel
Kussmaul
Herder
Wolfram von Eschenbach
Schopenhauer
Bronner
Darwin
Dickens
Grimm Jerome
Rilke
George
Melville
Bebel
Campe
Horváth
Aristoteles
Proust
Bismarck
Vigny
Barlach
Voltaire
Federer
Herodot
Gengenbach
Heine
Storm
Casanova
Tersteegen
Gilm
Grillparzer
Georgy
Chamberlain
Lessing
Langbein
Gryphius
Brentano
Lafontaine
Strachwitz
Claudius
Schiller
Kralik
Iffland
Sokrates
Bellamy
Schilling
Katharina II. von Rußland
Gerstäcker
Raabe
Gibbon
Tschechow
Löns
Hesse
Hoffmann
Gogol
Wilde
Gleim
Vulpius
Luther
Heym
Hofmannsthal
Klee
Hölty
Morgenstern
Roth
Heyse
Klopstock
Goedicke
Luxemburg
Puschkin
Homer
Kleist
La Roche
Horaz
Mörike
Machiavelli
Musil
Navarra
Aurel
Musset
Kierkegaard
Kraft
Kraus
Nestroy
Marie de France
Lamprecht
Kind
Kirchhoff
Hugo
Moltke
Nietzsche
Nansen
Laotse
Ipsen
Liebknecht
Marx
von Ossietzky
Lassalle
Gorki
Klett
Leibniz
Ringelnatz
May
vom Stein
Lawrence
Irving
Petalozzi
Platon
Knigge
Pückler
Michelangelo
Sachs
Poe
Kock
Kafka
Liebermann
de Sade
Praetorius
Mistral
Zetkin
Korolenko

La maison d'édition tredition, basée à Hambourg, a publié dans la série **TREDITION CLASSICS** des ouvrages anciens de plus de deux millénaires. Ils étaient pour la plupart épuisés ou uniquement disponible chez les bouquinistes.

La série est destinée à préserver la littérature et à promouvoir la culture. Elle contribue ainsi au fait que plusieurs milliers d'œuvres ne tombent plus dans l'oubli.

La figure symbolique de la série **TREDITION CLASSICS**, est Johannes Gutenberg (1400 - 1468), imprimeur et inventeur de caractères métalliques mobiles et de la presse d'impression.

Avec sa série **TREDITION CLASSICS**, tredition à comme but de mettre à disposition des milliers de classiques de la littérature mondiale dans différentes langues et de les diffuser dans le monde entier. Toutes les œuvres de cette série sont chacune disponibles en format de poche et en édition relié. Pour plus d'informations sur cette série unique de livres et sur l'éditeur tredition, visitez notre site: www.tredition.com

tredition a été créé en 2006 par Sandra Latusseck et Soenke Schulz. Basé à Hambourg, en Allemagne, tredition offre des solutions d'édition aux auteurs ainsi qu'aux maisons d'édition, en combinant à la fois édition et distribution du contenu du livre en imprimé et numérique et ce dans le monde entier. tredition est idéalement positionnée pour permettre aux auteurs et maisons d'édition de créer des livres dans leurs propres domaines et sujets sans prendre de risques de fabrication conventionnelles.

Pour plus d'informations nous vous invitons à visiter notre site: www.tredition.com

Contes humoristiques - Tome I

Alphonse Allais

Mentions légales

Cette œuvre fait partie de la série TREDITION CLASSICS.

Auteur: Alphonse Allais
Conception de couverture: toepferschumann, Berlin (Allemagne)

Editeur: tredition GmbH, Hambourg (Allemagne)
ISBN: 978-3-8491-4042-7

www.tredition.com
www.tredition.de

L'objectif de TREDITIONS CLASSICS est de mettre à nouveau à disposition des milliers d'œuvres de classiques français, allemands et d'autres langues disponible dans un format livre. Les œuvres ont été scannés et digitalisés. Malgré tous les soins apportés, des erreurs ne peuvent pas être complètement exclues. Nos partenaires et nous même, tredition, essayons d'aboutir aux meilleurs résultats. Toutefois, si des fautes subsistent, nous vous prions de nous en excuser. L'orthographe de l'œuvre originale a été reprise sans modification. Il se peut que ce dernier diffère de l'orthographe utilisée aujourd'hui.

Alphonse Allais

CONTES HUMORISTIQUES

Tome I

Table des matières

Amours d'escale

Le capitaine Mac Nee, plus généralement connu dans la marine écossaise sous le nom de capitaine Steelcock, était ce qu'on appelle un gaillard. Un charmant gaillard, mais un rude gaillard.

Sa taille se composait de six pieds anglais et de deux pouces de même nationalité, ce qui équivaut, dans notre cher système métrique, à deux mètres et quelques centimètres.

Fort élégant, impassible comme la statue de Nelson, aimant les femmes jusqu'à l'oubli des devoirs les plus élémentaires, Steelcock était un des rares hommes de la marine écossaise portant le monocle avec autant de parti pris. Les hommes du *Topsy-Turvy*, un joli trois-mâts dont il était maître après Dieu, prétendaient même qu'il couchait avec.

Personne, d'ailleurs, dans l'équipage du *Topsy-Turvy*, ne se souvenait avoir vu Steelcock se mêler de quoi que ce fût qui ressemblât à un commandement ou à une manœuvre.

Les mains derrière le dos, toujours élégamment vêtu, quelles que fussent les perturbations météorologiques, il se promenait sur le pont de son navire, avec l'air flâneur et détaché que prennent les gentlemen d'Édimbourg dans Princes-Street.

Chaque fois que son second, un de ces vieux salés de Dundee pour qui la mer est sans voile et le ciel sans mystère, lui communiquait le «point», Steelcock s'efforçait de paraître prodigieusement intéressé, mais on sentait que son esprit était loin et qu'il se fichait bien des longitudes et latitudes par lesquelles on pouvait se trouver.

Ah! oui, il était loin, l'esprit de Steelcock! Oh! combien loin!

Steelcock pensait aux femmes, aux femmes qu'il venait de quitter, aux femmes qu'il allait revoir, aux femmes, quoi!

Des fois, il demeurait durant des heures, appuyé sur le bastingage, à contempler la mer.

S'attendait-il à ce que, soudain, émergeât une sirène, ou ne voyait-il dans l'onde que la cruelle image de la femme? Les flots ne symbolisent-ils pas bien — des poètes l'ont observé — les changeantes bêtes et les déconcertantes trahisons des femmes? (Attrape, les dames!).

Dès que la terre de destination était signalée, Steelcock cessait d'être un homme pour devenir un cyclone d'amour, un cyclone d'aspect tranquille, mais auprès duquel les pires ouragans ne sont que de bien petites brises.

Aussitôt le navire à quai, Steelcock filait, laissant son vieux forban de second se débrouiller avec la douane et les *ship-brokers*, et le voilà qui partait par la ville.

N'allez pas croire au moins que le distingué capitaine se jetait, tel un fauve, sur la première chair à plaisir venue, comme il s'en trouve trop, hélas! dans les ports de mer.

Oh! que non pas! Steelcock aimait la femme pour la femme mais il l'aimait aussi pour l'amour, rien ne lui semblant plus délicieux que d'être aimé exclusivement, et pour soi-même.

Avec lui, du reste, ça ne traînait pas; il aimait tant les femmes qu'il fallait bien que les femmes l'aimassent.

Les aventures venaient toutes seules à ce grand beau gars. Et puis, le monocle bien porté jouit encore d'un vif prestige dans les colonies et autres parages analogues.

Un jour pourtant, cette ridicule manie lui passa de vouloir (comme si c'était possible!) qu'une femme aimât lui tout seul.

C'était à Saint-Pierre (Martinique).

Steelcock avait fait connaissance de la plus délicieuse créole qu'on pût rêver.

Il faudrait arracher des plumes aux anges du bon Dieu et les tremper dans l'azur du ciel pour écrire les mots qui diraient les charmes de cette jeune femme. (Le lecteur comprendra que je m'abstienne de cette opération cruelle et peu à ma portée, pour le moment).

Bref, Steelcock fut à même de connaître l'extase, comme si l'extase et lui avaient gardé les cochons ensemble.

C'est bête, mais c'est ainsi: les moments heureux coulant plus vite que les autres (mon Dieu, comme la vie est mal arrangée!), le moment du départ arriva, et Steelcock ne pouvait se décider à quitter l'idole.

Le *Topsy-Turvy* était en rade, paré à prendre le large, n'attendant plus que son capitaine.

Steelcock enfin prit son parti.

Suprêmement, il embrassa la créole et lui mit dans la main un certain nombre de livres sterling, en s'excusant de cette brutalité, le temps lui ayant manqué pour acquérir un cadeau plus discret.

La jeune femme compta les pièces d'or et les mit dans sa poche d'un air pas autrement satisfait.

—Pensez-vous, demanda Steelcock un peu interloqué, que cette somme n'est pas suffisante (*sufficient*)?

Et l'idole répondit, dans ce délicieux gazouillis qui sert de langage aux filles de là-bas:

—Oh si! toi, tu es bien gentil... mais c'est ton second qui me pose un sale lapin!

Cette révélation porta un grand coup dans le cœur du capitaine. Un voile se déchira en lui, et il vit ce que c'est que les femmes, en définitive.

Dès lors, il ne chercha plus l'exclusivité dans l'amour, se contentant sagement de l'hygiène et du confortable.

Quand il débarqua dans les pays, tout droit il alla chez les amoureuses professionnelles, comme on va chez le marchand de conserves et de porc salé.

Et il ne s'en trouva pas plus mal.

Dernièrement il fut amené à relâcher dans une des îles Lahila (possessions luxembourgeoises).

Les îles Lahila sont réputées dans tout le Pacifique, tant pour la beauté de leur climat que pour le relâchement de leurs mœurs.

Un jeune lieutenant de vaisseau, M. Julien Viaud, qui s'est fait depuis une certaine notoriété sous le nom de Pierre Loti, en écrivant des récits exotiques fort bien tournés, ma foi, a composé l'Hymne national de cette contrée bénie.

Je n'en ai retenu que le refrain:

îles Lahila! îles Lahila!
La bonne atmosphère
îles Lahila! îles Lahila!
Qu'ont toutes ces îles-là!

Steelcock, à peine à terre, s'informa d'un bon endroit.

On lui indiqua complaisamment, derrière la ville, une avenue bordée d'élégants cottages dont les inscriptions respiraient le bon accueil et l'hospitalité bien entendue: *Welcome House, Good Luck Home, Eden Villa, Pavillon Bonne Franquette.*

Steelcock avait toujours eu un faible pour les dames de France. Aussi pénétra-t-il résolument dans le *Pavillon Bonne Franquette.*

Il y fut reçu par une ancienne dame de Bordeaux, un peu défraîchie, qui le présenta à ses pensionnaires.

Charmantes, les pensionnaires, et pleines d'enjouement.

Steelcock tomba dans les lacs d'une petite Toulonnaise, noire comme une taupe, qui aurait beaucoup gagné à être mieux peignée, mais bien gentille tout de même.

Les amoureux se retirèrent et ce qu'ils firent pendant la nuit ne regarde personne.

Au petit matin (vous pouvez vous reporter aux journaux de l'époque) un tremblement de terre dévasta les îles Lahila.

Le *Pavillon Bonne Franquette* n'échappa pas au désastre.

Les dames eurent à peine le temps de s'enfuir en des costumes légers mais professionnels.

Seuls, Steelcock et sa compagne manquaient à l'appel.

On commençait à avoir des inquiétudes sérieuses sur les infortunés, quand on vit apparaître, à travers une crevasse de la maison, le capitaine couvert de plâtras, mais impassible et le monocle à l'œil.

— *Dites médème*, cria Steelcock à la dame de Bordeaux, *envoyez-moi une autre fille! La mienne, elle est môrt!*

Royal Cambouis

Il est de bon goût dans l'armée française de blaguer le train des équipages. Très au-dessus de ces brocards, les bons tringlots laissent dire, sachant bien, qu'en somme, c'est seulement au *Royal Cambouis* où tout le monde a chevaux et voitures.

Chevaux et voitures! Cet horizon décida le jeune Gaston de Puyrâleux à contracter dans cette arme, qu'il jugeait d'élite, un engagement de cinq ans.

Avant d'arriver à cette solution, Gaston avait cru bon de dévorer deux ou trois patrimoines dans le laps de temps qu'emploie le Sahara pour absorber, sur le coup de midi et demi, le contenu d'un arrosoir petit modèle.

Le jeu, les tuyaux, les demoiselles, les petites fêtes et la grande fête avaient ratissé jusqu'aux moelles le jeune Puyrâleux. Mais c'est gaîment tout de même et sans regrets qu'il «rejoignit» le 112e régiment du train des équipages à Vernon.

Un philosophe optimiste, ce Gaston, avec cette devise: «La vie est comme on la fait».

Et il se chargeait de la faire drôle sa vie, drôle sans relâche, drôle quand même.

Adorant les voitures, raffolant des chevaux, Puyrâleux n'eut aucun mérite à devenir la crème des tringlots.

Son habileté proverbiale tint vite de la légende: il eût fait passer le plus copieux convoi par le trou d'une aiguille sans en effleurer les parois.

Vernon s'entoure de charmants paysages, mais personnellement c'est un assez fâcheux port de mer. Pour ne citer qu'un détail, ça manque de femmes, ô combien! De femmes dignes de ce nom, vous me comprenez?

Entre la basse débauche et l'adultère, Gaston de Puyrâleux n'hésita pas une seconde: il choisit les deux.

Il aima successivement des marchandes d'amour tarifé, des charcutières sentimentales, le tout sans préjudice pour deux ou trois épouses de fonctionnaires et une femme colosse de la foire.

Ajoutons que cette dernière passion demeura platonique et fut désastreuse pour la carrière du jeune et brillant tringlot.

La *Belle Ardennaise* était-elle vraiment la plus jolie femme du siècle, comme le déclarait l'enseigne de sa baraque? Je ne saurais l'affirmer, mais elle en était sûrement l'une des plus volumineuses....

Son petit mollet aurait pu servir de cuisse à plus d'une jolie femme; quant à sa cuisse, seule une chaîne d'arpenteur aurait pu en évaluer les suggestifs contours.

Sa toilette se composait d'une robe en peluche chaudron qui s'harmonisait divinement avec une toque de velours écarlate. Exquis, vous dis-je!

Et voilà-t-il pas que cet idiot de Gaston se mit à devenir amoureux, amoureux comme une brute de la *Belle Ardennaise*!

Mais la *Belle Ardennaise* ne pesait pas tant de kilos pour être une femme légère et Puyrâleux en fut pour ses frais de tendresse et ses effets de dolman numéro 1.

Ce serait mal connaître Puyrâleux que de le croire capable d'accepter une aussi humiliante défaite.

Il s'assura que la *Belle Ardennaise* couchait seule dans sa roulotte, le barnum et sa femme dormant dans une autre voiture.

Le dessein de Gaston était d'une simplicité biblique.

Par une nuit sombre, aidé de Plumard, son dévoué brosseur, il arriva sur le champ de foire, lequel n'était troublé que par les vagues rugissements de fauves mélancolieux.

En moins de temps qu'il ne faut pour l'écrire, il attela à la roulotte de la grosse dame deux chevaux appartenant au gouvernement français, déchaîna les roues, fit sauter les cales....

Et les voilà partis à grande allure vers la campagne endormie.

Rien d'abord ne révéla, dans la voiture, la présence d'âme qui vive.

Mais bientôt, les dernières maisons franchies, une fenêtre s'ouvrit pour donner passage à une grosse voix rauque, coutumière des ordres brefs, qui poussa un formidable: *Halte!*

Les bons chevaux s'arrêtèrent docilement, et Puyrâleux se déguisa immédiatement en tringlot qui n'en mène pas large.

La grosse voix rauque sortait d'un gosier bien connu à Vernon, le gosier du commandant baron Leboult de Montmachin.

Prenant vite son parti, Puyrâleux s'approcha de la fenêtre, son képi à la main.

À la pâle clarté des étoiles, le commandant reconnut le brigadier:

— Ah! c'est vous, Puyrâleux?

— Mon Dieu, oui, mon commandant!

— Qu'est-ce que vous foutez ici?

— Mon Dieu, mon commandant, je vais vous dire: me sentant un peu mal à la tête, j'ai pensé qu'un petit tour à la campagne!...

Pendant cette conversation un peu pénible des deux côtés, le commandant réparait sa toilette actuellement sans prestige.

La *Belle Ardennaise* proférait contre Gaston des propos pleins de trivialité discourtoise.

— Vous allez me faire l'amitié, Puyrâleux, conclut le commandant Leboult de Montmachin, de reconduire cette voiture où vous l'avez prise.... Nous recauserons de cette affaire-là demain matin.

Inutile d'ajouter que ces messieurs ne reparlèrent jamais de cette affaire-là, mais Puyrâleux n'éprouva aucune surprise, au départ de la classe, de ne pas se voir promu maréchal des logis.

Et il le regretta bien vivement, car s'étant toujours piqué d'être dans le train, il espérait y fournir une carrière honorable.

L'autographe homicide

J'étais resté absent de Paris pendant quelques mois, fort pris par un voyage d'exploration dans la région nord-ouest de Courbevoie.

Quand je rentrai à Paris, des lettres s'amoncelaient sur le bureau de mon cabinet de travail; parmi ces dernières, une, bordée de noir.

C'est ainsi que j'éprouvai la douloureuse stupeur d'apprendre le décès de mon pauvre ami Bonaventure Desmachins, trépassé dans sa vingt-huitième année.

—Comment, m'écriai-je, Desmachins! Un garçon si bien portant, si vigoureusement constitué!

Mais quand j'appris, quelques heures plus tard, de quoi était mort Desmachins, ma douloureuse stupeur fit alors place à un si vif épatement que j'en tombai de mon haut (2 m 08).

—Comment, me récriai-je, Desmachins! Un garçon si rangé, si vertueux!

Le fait est que la chose paraissait invraisemblable.

Pauvre Desmachins! Je le vois encore si tranquille, si bien peigné, si bien ordonné dans son existence.

Il avait bien ses petites manies, parbleu! mais qui n'a pas les siennes?

Par exemple, il n'aurait pas, pour un boulet de canon, acheté un timbre-poste ailleurs qu'à la Civette du Théâtre-Français. Il prétendait qu'en s'adressant à cette boutique, il réalisait des économies considérables de ports de lettres, les timbres de la Civette étant plus secs, par conséquent plus légers et moins idoines à surcharger la correspondance.

Innocente manie, n'est-il pas vrai?

Si Desmachins n'avait eu que ce petit faible, il vivrait encore à l'heure qu'il est. Malheureusement, il avait une passion d'apparence non dangereuse, mais qui, pourtant, le conduisit à la tombe.

Desmachins collectionnait les autographes.

Il les collectionnait comme la lionne aime ses petits: farouche-
ment.

Et il en avait, de ces autographes! Il en avait! Mon Dieu, en avait-
il!

De tout le monde, par exemple: de Napoléon Ier, d'Yvette Guil-
bert, de Chincholle, de Henry Gauthier-Villars, de Charlemagne....

Il est vrai que celui de Charlemagne!... J'en savais la provenance,
mais, pour ne point désoler Desmachins, je gardai toujours, à l'é-
gard de ce parchemin faussement suranné, un silence d'or.

(C'était un vieil élève de l'École des chartes, tombé dans une vie
d'improbité crapuleuse, qui s'était adonné à la fabrication de manu-
scrits carlovingiens—ne pas écrire *carnovingiens*—et qui fournissait à
Desmachins des autographes des époques les plus reculées).

L'ami qui m'apprenait le trépas de Desmachins, en tous ses péni-
bles détails, semblait lutter contre un désir d'aveu.

À la fin, il murmura:—Et ce qu'il y a de plus terrible, c'est que je
suis un peu son assassin.

Du coup, ma douloureuse stupeur se teinta d'étonnement.

—Oui continua-t-il, le pauvre Desmachins est mort sur mon conseil!

—Le guillotiné par persuasion, quoi!

—Oh! ne ris pas, c'est une épouvantable histoire, et je vais te la
conter.

Je pris l'attitude bien connue du gentleman à qui on va conter une
épouvantable histoire, et mon ami—car, malgré tout, c'est encore
mon ami—me narra la chose en ces termes:

—Un jour, je rencontrai Desmachins enchanté d'une nouvelle acquisition. Il venait d'acheter un os de mouton sur lequel était inscrit,
de la main même du Prophète, un verset du Coran.

«—Et tu as payé ça?... lui demandai-je.

«—Une bouchée de pain, mon cher. C'est un vieux cheik arabe
qui me l'a cédé. Comme il avait absolument besoin d'argent, j'ai pu
avoir l'objet pour 3000 francs.

«Mâtin! pensai-je, 3000 francs, une bouchée de pain! Ça le remet cher la livre!»

«Et il m'emmena chez lui pour me faire admirer son nouveau classement. Il avait, disait-il, inventé un nouveau classement dont il était très fier.

«La vue d'une lettre de Nélaton me suggéra une idée et, machinalement, je lui demandai:

« — Tu n'as pas d'autographe de Ricord?

« — Ricord?... Qui est-ce?

« — Comment! tu ne connais pas Ricord?

«Le malheureux... c'est-à-dire, non, le bienheureux... ou plutôt non, le malheureux ne connaissait pas Ricord.

«Alors, moi, je lui dis la gloire de Ricord, et Desmachins résolut aussitôt d'avoir, en sa collection, un mot du célèbre spécialiste.

«Dès le lendemain, il alla chez ses fournisseurs ordinaires: pas le moindre *Ricord*.

«Chez ses fournisseurs extraordinaires, pas davantage.

«Desmachins se désolait, s'impatientait. Car lui, si calme d'habitude, tournait facilement au fauve lorsqu'il s'agissait de sa collection.

« — Pourtant, rugissait-il, il y a des gens qui en ont, de ces autographes!

« — Oui, répliquai-je avec douceur, mais ceux qui les détiennent sont plus disposés à les enfouir dans les plus intimes replis de leur portefeuille qu'à en tirer une vanité frivole.

« — Tu me donnes une idée! Puisque Ricord est médecin, je vais aller le trouver, il me fera une ordonnance qu'il signera, et j'aurai un autographe!

« — C'est ingénieux, mais malheureusement... ou plutôt heureusement, tu n'es pas malade.

« — J'ai un fort rhume de cerveau.... Tu vois, mon nez coule.

« — Ton nez....

«Je n'achevai pas, ayant toujours eu l'horreur des plaisanteries faciles, mais j'éclairai Desmachins sur le rôle de Ricord dans la société contemporaine.

«Huit jours se passèrent.

«Un matin, Desmachins entra chez moi, pâle mais les yeux résolus.

«—Tu sais, j'y suis décidé!

«—À quoi?

«—À aller chez Ricord.

«—Mais, encore une fois, tu n'es pas... malade.

«—Je le deviendrai!... Et précisément, je viens te demander des détails.

«Je crus qu'il plaisantait, mais pas du tout! C'était une idée fixe.

«Alors—et ce sera l'éternel remords de ma vie—j'eus la faiblesse de lui fournir quelques explications. Je lui conseillai les Folies Bergère, par expérience.

«La semaine d'après, Desmachins m'envoyait un petit bleu ainsi conçu:

«»*Viens me voir. Je suis au lit. Mais qu'importe*! JE L'AI!»

«Les trois derniers mots triomphalement soulignés.

«Oui, termina tristement le narrateur, il l'avait, et c'est de ça qu'il est mort».

Colydor

Son parrain, un maniaque pépiniériste de Meaux, avait exigé qu'il s'appelât, comme lui, Polydore. Mais nous, ses amis, considérant à juste titre que ce terme de Polydore était suprêmement ridicule, avions vite affublé le brave garçon du sobriquet de *Colydor*, beaucoup plus joli, euphonique et suggestif davantage.

Lui, d'ailleurs, était ravi de ce nom, et ses cartes de visite n'en portaient point d'autre. Également on pouvait lire en belle gothique *Colydor* sur la plaque de cuivre de la porte de son petit rez-de-chaussée, situé au cinquième étage du 327 de la rue de la Source (Auteuil).

Il exigeait seulement qu'on orthographiât son nom ainsi que je l'ai fait: un seul *l*, un *y* et pas d'*e* à la fin.

Respectons cette inoffensive manie.

Je ne suis pas arrivé à mon âge sans avoir vu bien des drôles de corps, mais les plus drôles de corps qu'il m'a été donné de contempler me semblent une pâle gnognotte auprès de Colydor.

Quelqu'un, Victor Hugo, je crois, a appelé Colydor le sympathique chef de l'École Loufoque, et il a eu bien raison.

Chaque fois que j'aperçois Colydor, tout mon être frémit d'allégresse jusque dans ses fibres les plus intimes.

«Bon, me dis-je, voilà Colydor, je ne vais pas m'embêter».

Pronostic jamais déçu.

Hier, j'ai reçu la visite de Colydor.

—Regarde-moi bien, m'a dit mon ami, tu ne me trouves rien de changé dans la physionomie?

Je contemplai la face de Colydor et rien de spécial ne m'apparut;

—Eh bien! mon vieux, reprit-il, tu n'es guère physionomiste. Je suis marié!

—Ah bah!

—Oui, mon bonhomme! Marié depuis une semaine.... Encore mille à attendre et je serai bien heureux!

—Mille quoi?

—Mille semaines, parbleu!

—Mille semaines? À attendre quoi?

—Quand je perdrais deux heures à te raconter ça, tu n'y comprendrais rien!

—Tu me crois donc bien bête?

—Ce n'est pas que tu sois plus bête qu'un autre, mais c'est une si drôle d'histoire!

Et sur cette alléchance, Colydor se drapa dans un sépulcral mutisme. Je me sentais décidé à tout, même au crime, pour savoir.

—Alors, fis-je de mon air le plus indifférent, tu es marié....

—Parfaitement!

—Elle est jolie?

—Ridicule!

—Riche?

—Pas un sou!

—Alors quoi?

—Puisque je te dis que tu n'y comprendrais rien!

Mes yeux suppliants le firent se raviser.

Colydor s'assit dans un fauteuil, n'alluma pas un excellent cigare et me narra ce qui suit:

—Tu te rappelles le temps infâme que nous prodigua le Seigneur durant tout le joli mois de mai? J'en profitai pour quitter Paris, et j'allai à Trouville livrer mon corps d'albâtre aux baisers d'Amphitrite.

«En cette saison, l'immeuble, à Trouville, est pour rien. Moyennant une bouchée de pain, je louai une maison tout entière, sur la route de Honfleur.

«Ah! une bien drôle de maison, mon pauvre ami! Imagine-toi un heureux mélange de palais florentin et de chaumière normande, avec un rien de pagode hindoue brochant sur le tout.

«Entre deux baisers d'Amphitrite, j'excursionnais vaguement dans les environs.

«Un dimanche, entre autres—oh! cet inoubliable dimanche!—je me promenais à Houlbec, un joli petit port de mer, ma foi, quand des flots d'harmonie vinrent me submerger tout à coup.

«À deux pas, sur une plage plantée d'ormes séculaires, une fanfare, probablement municipale, jetait au ciel ses mugissements les plus mélodieux.»Et autour, tout autour de ces Orphée en délire, tournaient sans trêve les Houlbecquois et les Houlbecquoises.

«Parmi ces dernières....

«Crois-tu au coup de foudre? Non? Eh bien, tu es une sinistre brute!

«Moi non plus, je ne croyais pas au coup de foudre, mais maintenant!...

«C'est comme un coup qu'on reçoit là, pan! dans le creux de l'estomac, et ça vous répond un peu dans le ventre. Très curieux, le coup de foudre!

«Parmi ces dernières, disais-je donc, une grande femme brune, d'une quarantaine d'années, tournait, tournait, tournait.

«Était-elle jolie? Je n'en sais rien, mais à son aspect, je compris tout de suite que c'en était fait de moi. J'aimais cette femme, et je n'aimerais jamais qu'elle!

«Fiche-toi de moi si tu veux, mais c'est comme ça.

«Elle s'accompagnait de sa fille, une grande vilaine demoiselle de vingt ans, anguleuse et sans grâce.

«Le lendemain, j'avais lâché Trouville, mon castel auvergno-japonais, et je m'installais à Houlbec.

«Mon coup de foudre était la femme du capitaine des douanes, un vieux bougre pas commode du tout et joueur à la manille aux enchères, comme feu Manille aux enchères lui-même!

«Moi qui n'ai jamais su tenir une carte de ma vie, je n'hésitai pas, pour me rapprocher de l'idole, à devenir le partenaire du terrible gabelou!

«Oh! ces soirées au Café de Paris, ces effroyables soirées uniquement consacrées à me faire traiter d'imbécile par le capitaine parce que je lui coupais ses manilles ou parce que je ne les lui coupais pas! Car, à l'heure qu'il est, je ne suis pas encore bien fixé.

«Et puis, je ne me rappelais jamais que c'était le *dix* le plus fort à ce jeu-là. Oh! ma tête, ma pauvre tête!

«Un jour enfin, au bout d'une semaine environ, ma constance fut récompensée. Le gabelou m'invita à dîner.

«Charmante, la capitaine, et d'un accueil exquis. Mon cœur flamba comme braise folle. Je mis tout en œuvre pour arriver à mes détestables fins, mais je pus me fouiller dans les grandes largeurs!

«Je commençais à me sentir tout calamiteux, quand un soir — oh! cet inoubliable soir!... — nous étions dans le salon, je feuilletais un album de photographies, et elle, l'idole, me désignait: mon cousin Chose, ma tante Machin, une belle-sœur de mon mari, mon oncle Untel, etc., etc.

« — Et celle-ci, la connaissez-vous?

« — Parfaitement, c'est Mlle Claire.

« — Eh bien, pas du tout! C'est moi à vingt ans.

«Et elle me conta qu'à vingt ans, elle ressemblait exactement à Claire, sa fille, si exactement qu'en regardant Claire elle s'imaginait se considérer dans son miroir d'il y a vingt ans.

«Était-ce possible!

«Comment cette adorable créature, potelée si délicieusement, avait-elle pu être une telle fille sèche et maigre?

«Alors, mon pauvre ami, une idée me vint qui m'inonda de clartés et de joies.

«Enfin, je tenais le bonheur!

«»Si la mère a ressemblé si parfaitement à la fille, me dis-je, il est certain qu'un jour la fille ressemblera parfaitement à la mère».

«Et voilà pourquoi j'ai épousé Claire, la semaine dernière.

«Aujourd'hui, elle a vingt ans, elle est laide.

Mais dans vingt ans, elle en aura quarante, et elle sera radieuse comme sa mère!

«J'attendrai, voilà tout!»

Et Colydor, évidemment très fier de sa combinaison, ajouta:

— Tu ne m'appelleras plus loufoque, maintenant... hein!

Phares

L'Eure est probablement un des rares départements terriens français, et certainement le seul, qui possède un phare maritime.

À la suite de quelles louches intrigues, de quelles basses démarches, de quelles nauséeuses influences ce département d'eau douce est-il arrivé à faire ériger en son sein un phare de première classe? Voilà ce que je ne saurais dire, voilà ce que je ne voudrais jamais chercher à savoir.

Quelques petits jeunes gens des Ponts et Chaussées me répondront d'un air suffisant qu'un phare élevé en terre ferme peut éclairer une portion de mer sise pas trop loin de là. Soit!

Il n'en est pas moins humiliant, quand on habite Honfleur (des Honfleurais fondèrent Québec en 1608) et qu'un ami, O'Reilly ou un autre, vous prie de lui faire visiter un phare de la première classe, il n'en est pas moins humiliant, dis-je, de le trimballer dans un département voisin dont le plus intrépide navigateur est tanneur à Pont-Audemer.

Non pas que le voyage en soit regrettable, oh! que non pas! La route est charmante d'un bout à l'autre, peuplée de vieilles sempiterneuses qui tricotent, de jeunes filles qui attendent à la fontaine que leur *siau* se remplisse. Ah! combien exquises, ces Danaïdes normandes, une surtout, un peu avant Ficquefleur!

Alors, on arrive à Fatouville: c'est là le phare.

Un gardien vous accueille, c'est le gardien-chef, ne l'oublions pas, un gardien-chef de première classe, comme il a soin de vous en aviser lui-même.

On gravit un escalier qui compte un certain nombre de marches (sans cela serait-il un escalier? a si bien fait observer le cruel observateur Henry Somm).

Ces marches, j'en savais le nombre hier; je l'ignore aujourd'hui. L'oubli, c'est la vie.

Parvenu là-haut, on jouit d'une vue superbe, comme disent les gens. On découvre (j'ai encore oublié ce *quantum*) une foule considérable de lieues carrées de territoire. Pourquoi des lieues carrées dans un panorama circulaire?

—Quel est ce petit phare? demande une de nos compagnes en désignant un point de la basse Seine.

—Un phare ça! Vous appelez ça un phare? fait le gardien vaguement indigné.

Notre compagne, confuse, en pique un (de fard).

—Ce n'est pas un phare, madame, c'est un *feu*

Il nous dit même le nom du *feu*, mais je l'ai oublié comme le reste.

Quand nous avons découvert assez de territoire, nous descendons le nombre de marches qui constituent l'escalier dont j'ai parlé plus haut.

Un registre nous tend les bras, pour que nous y tracions nos noms de visiteurs.

Je signe modestement Francisque Sarcey, en ajoutant dans la colonne *Observations* cette phrase ingénieuse:

La phrase que j'ai inscrite s'est évadée de ma mémoire, comme tant d'autres histoires.

Je feuillette le registre, et je n'en reviens pas de la stupidité de mes contemporains.

Comme les gens sont bêtes, mon Dieu! comme ils sont bêtes!

La colonne *Observations* du registre de Fatouville constitue certainement le plus beau monument de bêtise humaine qu'on puisse contempler en ce bas monde.

Tout un firmament de lunes n'en donnerait qu'une faible idée.

J'en excepte un quatrain vieux de quelques mois, de Georges Lorin, et une réflexion de Pierre Delcourt.

Le quatrain de Lorin est à sextuple détente; quant à la phrase de Delcourt, elle fait se retirer toutes seules les échelles.

Voici le quatrain:

Comme il est des femmes gentilles,
Il est des calembours amers:

Le phare illumine les mers,
Le fard enlumine les filles!

À Delcourt, maintenant:

Le phare de Fatouville n'est, à tout prendre, qu'une vaste chandelle. Il en a, toutes proportions gardées, la forme et le pouvoir éclairant.

Puis nous nous retirâmes.

Nous allions monter en voiture, quand une espèce de petit bonhomme tout drôle, pas très vieux, mais pas extraordinairement jeune non plus, fort sec, nous demanda poliment si nous rentrions à Honfleur. Sur l'assurance qu'en effet c'est notre but, le drôle de bonhomme nous demande une toute petite place dans notre véhicule, ce à quoi nous consentîmes de la meilleure grâce du monde.

En route, il nous confia qu'il était inventeur, et qu'il allait révolutionner toute l'administration des phares:

— Vous occupez-vous de phares, messieurs? fit-il.

— Oh! vous savez, nous nous en occupons sans nous en occuper.

— Vous avez tort, car c'est là une question bien intéressante.

J'avais bien envie de prier l'inventeur de nous procurer la paix. Nous descendions la côte, à travers un paysage magnifique dans lequel un clément octobre jetait son or discret. Je me sentais plus disposé à jouir de cette vue qu'à entendre divaguer mon vieux type. Mais mon vieux type reprit, plein d'ardeur:

— Les phares, c'est bon quand le temps est clair; mais le temps est-il jamais clair?

— Pourtant, j'ai vu des fois....

— Le temps n'est jamais clair! Alors....

— Nous avons la sirène qui beugle dans la brume.

— La sirène, c'est de la blague. Je défie à un navigateur qui voyage dans la brume de me dire, à 30 degrés près, la direction d'une sirène, s'il en est éloigné de quelques milles. Alors, j'ai inventé autre chose. Puisqu'on ne voit pas le feu du phare, puisqu'on se trompe sur la direction du son de la sirène, j'ai imaginé le phare odoriférant. Écoutez-moi bien.

— Allez-y!

— Chaque phare a son odeur, soigneusement indiquée sur les cartes marines. J'ai des phares à la rose, des phares au citron, des phares au musc. Au sommet des phares, un puissant vaporisateur projette ces odeurs vers la mer. Rien de plus simple, alors, pour se diriger. En temps de brume, le capitaine ouvre les narines et constate, par exemple, qu'une odeur de girofle lui arrive par N.-N.-O. et une odeur de réséda par S.-E. En consultant sa carte, il détermine ainsi sa situation exacte. Hein?...

— Épatant! Et puis il y a une chose à laquelle vous n'avez pas pensé. Je vous donne l'idée pour rien: quand il s'agira d'un phare situé sur des rochers, en mer, construisez-le en fromage de Livarot, on le sentira de loin; et si quelque tempête, comme il arrive souvent, empêche d'aller le ravitailler, eh bien, les gardiens ne mourront pas de faim: ils mangeront leur phare!

Le drôle de bonhomme me regarda d'un air méprisant, et causa d'autre chose.

Faits-divers et d'été

Une lettre reçue la semaine dernière de Chalon-sur-Saône n'a pas laissé que de me piquer au vif.

Mon grincheux correspondant me demande *quousque tandem* je le raserai avec mes histoires à dormir debout. Il me dénie toute ingéniosité dans les aperçus. La Fantaisie, considère-t-il, m'est à jamais rebelle.

Il ajoute froidement que mon style est saumâtre et galipoteux.

Tous ces reproches ne seraient rien encore sans un post-scriptum venimeux—postale flèche du Parthe—dans lequel il ne me l'envoie pas dire:

«Berner le lecteur est d'un art facile. Gageons, cher monsieur, que vous ne seriez pas *foutu (sic)* de tourner un simple fait-divers.»

À ce dernier reproche, dois-je l'avouer, mon sang n'a fait qu'un tour (et encore). J'ai trempé dans l'encre mon excellente plume de Tolède et j'ai rédigé, en moins de temps qu'il ne faut pour l'écrire, un petit lot de faits-divers qui ne sont pas, je m'en flatte, dans une potiche.

Depuis que Laffitte est devenu ministre pour avoir ramassé une épingle dans la cour d'une banque, je ramasse tout, même les défis.

Voici mon petit essai:

TEMPS PROBABLE POUR DEMAIN

Sec avec peut-être de la pluie. Température relativement élevée, à moins d'un abaissement thermométrique.

L'ACCIDENT DE LA RUE QUINCAMPOIX

Un jeune ouvrier menuisier, le nommé Edmond Q...., âgé de 48 ans, était occupé à remettre des ardoises à la toiture de la maison sise au 328 de la rue Mazagran, lorsqu'à la suite d'un étourdissement, il fut précipité dans le vide.

L'accident avait amassé une foule considérable et ce ne fut qu'un cri d'horreur dans toute l'assistance.

On s'attendait à voir l'infortuné s'abattre sur le pavé quand, en passant devant la fenêtre du premier étage, quelle ne fut pas la surprise de la foule en constatant que l'ouvrier, sollicité par les œillades d'une femme de mauvaise vie qui s'y trouvait, et comme il en pullule dans ce quartier, s'arrêta dans sa chute et pénétra par la fenêtre dans la chambre de la prostituée.

Les médecins refusent de se prononcer sur son état avant une huitaine de jours.

LES NOUVEAUX WAGONS DE LA COMPAGNIE DE L'Ouest

Un bon point à la Compagnie de l'Ouest. On vient de mettre en circulation les nouveaux wagons pour priseurs. Une plaque de cuivre, sur laquelle se trouve inscrit le mot *Priseurs*, indique la destination de ces voitures.

Il sera donc interdit désormais de priser dans d'autres compartiments que ceux réservés *ad hoc*.

À partir du 1er juillet, tous les wagons de première classe seront munis de *glaçouillottes* qui ne sont autres que les bouillottes dans lesquelles l'eau chaude est remplacée par de la glace.

Il est à souhaiter que pareille mesure s'applique aux deuxièmes classes et mêmes aux troisièmes.

Terminons par une bonne nouvelle.

La Compagnie de l'Ouest vient enfin de donner satisfaction aux incessantes réclamations des mécaniciens.

L'hiver prochain, sur toutes les grandes lignes, les locomotives seront chauffées.

ENCORE DES BICYCLETTES

M. le préfet de police, au lieu de pourchasser les bookmakers et les innocentes petites marchandes de fleurs, ferait beaucoup mieux de songer à réglementer les bicyclettes qui, par ces temps de chaleur, constituent un véritable danger public.

Encore, hier matin, une bicyclette s'est échappée de son hangar et a parcouru à toute vitesse la rue Vivienne, bousculant tout et semant la terreur sur son passage.

Elle était arrivée au coin du boulevard Montparnasse et de la rue Lepic, quand un brave agent l'abattit d'une balle dans la pédale gauche.

L'autopsie a démontré qu'elle était atteinte de rage.

Une voiture à bras qu'elle avait mordue a été immédiatement conduite à l'Institut Pasteur.

OÙ LA FALSIFICATION Va-t-elle SE NICHER!

On vient d'arrêter et d'envoyer au Dépôt un charbonnier, le nommé Gandillot, qui avait trouvé un excellent truc pour faire fortune aux dépens de la bourse et de la santé de ses clients.

Cet honnête industriel livrait à ses pratiques, au lieu de l'eau qu'on lui demandait, un petit vin blanc de son pays qu'il achetait à vil prix.

La fraude n'a pas tardé à être découverte, grâce à l'indisposition d'une vieille dame d'origine polonaise, la veuve Mazur K...., rentière, qui envoya au laboratoire municipal le liquide douteux.

Le brave Auvergnat aura à rendre compte à la justice de son ingénieuse combinaison.

BAISSE ACCIDENTELLE DE LA SEINE

Un accident étrange et, par bonheur, assez rare, vient de jeter la perturbation chez tous les riverains de la Seine.

Un énorme chaland, chargé de papier buvard, est venu heurter une des piles du Pont Royal. Une voie d'eau se déclara, et le bâtiment coula immédiatement.

Le papier buvard contenu dans le chaland absorba bientôt toute l'eau ambiante et il s'ensuivit un abaissement de 1m20 dans l'étiage du fleuve.

Les pompiers du poste de la rue Blanche, mandés sur-le-champ, arrivèrent et se mirent en devoir de rétablir les choses en leur état.

Après six heures de travail acharné, la Seine avait repris son niveau normal.

Malheureusement, les braves pompiers, dans leur zèle, ne manquèrent pas de causer force dégâts.

Signalons notamment l'établissement de bains froids Deligny, qui a été littéralement inondé.

Un peu moins de zèle, que diable!

Eh bien! mon vieux Chalonnais, suis-je *foutu (sic)* de tourner un fait-divers, oui ou non?

Loufoquerie

Cet homme me contemplait avec une telle insistance que je commençais à en prendre rage. Pour un peu, je lui aurais envoyé une bonne paire de soufflets sur la physionomie, sans préjudice pour un coup de pied dans les gencives.

—Quand vous aurez fini de me regarder, espèce d'imbécile? fis-je au comble de l'ire.

Mais lui se leva, vint à moi, prit mes mains avec toutes les marques de l'allégresse affectueuse.

—Est-ce bien toi qui me parles ainsi? dit-il.

Je ne le reconnaissais pas du tout.

Il se nomma: Edmond Tirouard.

—Comment, m'exclamai-je, c'est toi, mon pauvre Tirouard! Je ne te *remettais* pas. Mais pardon, si j'ose, n'étais-tu point dans le temps blond avec des yeux bleus?

—C'est juste, je me suis fait teindre les cheveux et les yeux! Suis-je pas mieux en brun?

Ce pauvre Tirouard, j'étais si content de le revoir! Depuis le temps!

Et nous égrenâmes les souvenirs du passé.

Et Machin? Et Untel? Et Chose? Hélas! que de disparus!

Tirouard et moi, nous étions dans la même classe au collège. Je ne me rappelle pas bien lequel de nous deux était le plus flemmard, mais ce qu'on rigolait!

Il mettait au pillage la maison de son père qui était quincaillier et nous apportait chaque matin mille petits objets utiles ou agréables: des couteaux, des vis, des cadenas, des aimants (j'adorais les aimants).

Moi, en ma qualité de fils de pharmacien, je gorgeais mes camarades d'un tas de cochonneries: des pâtes pectorales, des dattes. Entre-temps j'apportais des seringues en verre (ô joie!) et des suspensoirs qu'on transformait en frondes.

Un jour — mon Dieu! ai-je ri ce jour-là! — j'arrivai muni d'une boîte de biscuits dont chacun recelait, si j'ai bonne mémoire, soixante-quinze centigrammes de scammonée.

Toute la classe ne fit qu'une bouchée de ces friandises traîtresses, mais c'est une heure après qu'il fallait voir les faces livides de mes petits camarades! Mon Dieu! ai-je ri!

Ah! ce jour-là, le niveau des études ne monta pas beaucoup dans notre classe!

Comme c'est loin, tout ça!

Et avec Tirouard, nous nous remémorions tous ces vieux temps disparus.

— Te rappelles-tu mon expérience de parachute?

Si je me rappelais son parachute!

Un jeudi, dans l'après-midi, Tirouard nous avait tous conviés à une expérience due à son ingéniosité.

Il avait attaché un panier au bec d'un vieux parapluie rouge, inséré un chat dans le panier, et lâché le tout au gré de la brise.

Le gré de la brise balançait l'appareil dans les airs pendant de longues heures. Toute la ville était sens dessus dessous.

La tante de Tirouard, qui adorait son chat et n'avait jamais rêvé pour lui une telle destinée, poussait des clameurs à fendre des pierres précieuses.

Finalement, l'appareil alla s'accrocher au coq du clocher, et il ne fallut pas moins d'un caporal de pompiers pour aller délivrer le minet aérien.

— Et maintenant, demandais-je à Tirouard, que fais-tu?

— Je ne fais rien, mon ami, je suis riche.

Et Tirouard voulut bien me conter son existence, une existence auprès de laquelle l'*Odyssée* du vieil Homère ne semblerait qu'un pâle récit de feu de cheminée.

Quelques traits saillants du récit de Tirouard donneront à ma clientèle une idée de l'originalité de mon ami.

Certaines entreprises malheureuses (entre autres la *Poissonnerie continentale – laissée pour compte des grands poissonniers de Paris*) déterminèrent Tirouard à s'expatrier.

Son commerce de pacotilles ne réussit guère mieux.

Jeune encore, d'une nature frivole et brouillonne, il ne regardait pas toujours si les marchandises qu'il importait s'adaptaient bien aux besoins des pays destinataires.

Il lui arriva, par exemple, d'importer des éventails japonais au Spitzberg et des bassinoires au Congo.

Dégoûté du commerce, il partit au Canada dans le but de faire de la haute banque. De mauvais jours luirent pour lui, et il se vit contraint, afin de gagner sa vie, d'embrasser la profession de scaphandrier.

Les scaphandriers étaient fortement exploités à cette époque. Tirouard les réunit en syndicat et organisa la grève générale des scaphandriers du Saint-Laurent.

Fait assez curieux dans l'histoire des grèves, ces braves travailleurs ne demandaient ni augmentation de salaire ni diminution de travail.

Tout ce qu'ils exigeaient, c'était le droit absolu de ne pas travailler par les temps de pluie.

Ajoutons qu'ils eurent vite gain de cause.

Tirouard s'occupa dès lors du dressage de toutes sortes de bêtes. Le succès couronna ses efforts.

Tirouard dressa la totalité des animaux de la création, depuis l'éléphant jusqu'au ciron.

Mais ce fut surtout dans le dressage de la sardine à l'huile qu'il dépassa tout ce qu'on avait fait jusqu'à ce jour.

Rien n'était plus intéressant que de voir ces intelligentes petites créatures évoluer, tourner, faire mille grâces dans leur aquarium.

Le travail se terminait par le chœur des soldats de *Faust* chanté par les sardines, après quoi elles venaient d'elles-mêmes se ranger dans leur boîte d'où elles ne bougeaient point jusqu'à la représentation du lendemain.

À présent, Tirouard, riche et officier d'académie, goûte un repos qu'il a bien mérité.

J'ai visité hier son merveilleux hôtel de l'impasse Guelma, où j'ai particulièrement admiré les jardins suspendus qu'il a fait venir de Babylone à grands frais.

Postes et télégraphes

Je descendis à la station de Baisemoy-en-Cort, où m'attendait le dog-cart de mon vieil ami Lenfileur.

Dans le train, je m'étais aperçu d'un oubli impardonnable (véritablement impardonnable) et ma première préoccupation, en débarquant, fut de me faire conduire au bureau des Postes et Télégraphes, afin d'envoyer une dépêche à Paris.

Le bureau de Baisemoy-en-Cort se fait remarquer par une absence de confortable qui frise la pénurie.

Dans une encre décolorée et moisie, mais boueuse, je trempai une vieille plume hors d'âge et je griffonnai, à grand-peine, des caractères dont l'ensemble constituait ma dépêche.

Une dame, plutôt vilaine, la recueillit sans bienveillance, compta les mots et m'indiqua une somme que je versai incontinent sur la planchette du guichet.

J'allais me retirer avec la satisfaction du devoir accompli lorsque j'aperçus dans le bureau, me tournant le dos, une jeune femme occupée à manipuler un *Morse* [1] fébrilement.

Jeune? probablement. Rousse? sûrement. Jolie? pourquoi pas!

Sa robe noire, toute simple, moulait un joli corps dodu et bien compris.

Sa copieuse chevelure, relevée en torsade sur le sommet de la tête, dégageait la nuque, une nuque divine, d'ambre clair, où venait mourir, très bas dans le cou, une petite toison délicate, frisée — insubstantielle, on eût dit.

(Si on a du poil à l'âme, ce doit être dans le genre de cette nuque-là).

Et une envie me prit, subite, irraisonnée, folle, d'embrasser à pleine bouche les petits cheveux d'or pâle de la télégraphiste.

Dans l'espoir que la jeune personne se retournerait enfin, je demeurai là, au guichet, posant à la buraliste des questions administratives auxquelles elle répondait sans bonne grâce.

Mais la nuque transmettait toujours.

À la porte du bureau, mon ami Lenfileur s'impatientait. (Sa petite jument a beaucoup de sang).

Je m'en allai.

Ce serait me méconnaître étrangement, en ne devinant point que le lendemain matin, à la première heure, je me présentais au bureau de poste.

Elle y était, la belle rousse, et seule.

Cette fois, elle fut bien forcée de me montrer son visage. Je ne m'en plaignis pas, car il était digne de la nuque.

Et des yeux noirs, avec ça, immenses.

(Oh! les yeux noirs des rousses!)

J'achetai des timbres, j'envoyai des dépêches, je m'enquis de l'heure des distributions; bref, pendant un bon quart d'heure, je jouai au naturel mon rôle d'idiot passionné.

Elle me répondait tranquillement, posément, avec un air de petite femme bien gentille et bien raisonnable.

Et j'y revins tous les jours, et même deux fois par jour, car j'avais fini par connaître ses heures de service, et je me gardais bien de manquer ce rendez-vous, que j'étais le seul, hélas! à me donner.

Pour rendre vraisemblables mes visites, j'écrivais des lettres à mes amis, à des indifférents.

J'envoyai notamment quelques dépêches à des personnes qui me crurent certainement frappé d'aliénation.

Jamais de ma vie je ne m'étais livré à une telle orgie de correspondance.

Et chaque jour, je me disais: «C'est pour cette fois; je vais lui parler!».

Mais, chaque jour, son air sérieux me glaçait et au lieu de lui dire: «Mademoiselle, je vous aime!» je me bornais à lui balbutier: «Un timbre de trois sous, s'il vous plaît, mademoiselle!»

La situation devenait intolérable.

Comme ma villégiature tirait à sa fin, je résolus d'incendier mes vaisseaux, et de risquer le tout pour le tout.

J'entrai au bureau et voici la dépêche que j'envoyai à un de mes amis:

Coquelin Cadet, 17, boulevard Haussmann, Paris.

Je suis éperdument amoureux de la petite télégraphiste rousse de Baise-moy-en-Cort.

Je m'attendais, pour le moins, à voir se roser son inoubliable peau blanche.

Eh bien, pas du tout!

De son air le plus posé, elle me dit ces simples mots:

—Quatre-vingt-quinze centimes.

Totalement affalé par ce calme impérial, je me fouillai (sans jeu de mots) pour solder ma dépêche.

Pas un sou de monnaie dans ma poche. Alors je tirai de mon portefeuille un billet de mille francs. [2]

La jeune fille le prit, l'examina soigneusement, le palpa....

L'examen fut sans doute favorable, car sa physionomie se détendit brusquement en un joli sourire qui découvrit les plus affriolantes quenottes de la création.

Et puis, sur un ton bien parisien, et même bien neuvième arrondissement, elle me demanda:

—Faut-il rendre la monnaie, monsieur?

Pète-sec

— Ton ami Pète-sec commence à devenir rudement rasant, affirma Trucquard en se jetant tout habillé sur son lit.

Rien n'était plus vrai: ce terrible Pète-sec, lequel d'ailleurs n'avait jamais été mon ami, commençait à devenir rudement rasant.

De son vrai nom, il s'appelait Anatole Duveau et était le fils de M. Duveau et Cie, soieries en gros (ancienne maison Hondiret, Duveau et Cie), rue Vivienne à Paris.

Pour le moment, il exerçait les fonctions de sous-lieutenant de réserve dans la compagnie où j'évoluais, pour ma part, en qualité de réserviste de deuxième classe (ce n'est pas la capacité qui m'a manqué pour arriver, mais bien la conduite).

Dès le premier jour, ce Duveau mérita son sobriquet de Pète-sec et fut notre bête noire à tous.

Alors que les officiers de l'active se conduisaient à notre égard comme les meilleurs bougres de la terre, lui, Pète-sec, faisait une mousse de tous les diables et un zèle dont la meilleure part consistait à nous submerger de consigne, salle de police et autres apanages.

Ah! le cochon!

Comme nous n'étions pas venus, en somme, à Lisieux pour coucher à la *boîte*, nous résolûmes, quelques réservistes et moi, de mettre un frein à l'ardeur de ce soyeux en délire, et notre procédé mérite vraiment qu'on le relate ici.

Le colonel, ou plutôt le lieutenant-colonel, car la garnison de Lisieux ne comporte que le 4e bataillon et le dépôt, avait autorisé à coucher en ville tous les réservistes mariés et accompagnés de leur épouse.

Bien que célibataire à cette époque (et encore maintenant, d'ailleurs), je déclarai effrontément être consort et j'obtins mon autorisation.

Inutile d'ajouter qu'une foule de garçons dans mon cas agirent comme moi, et si la Société des Lits Militaires avait tant soit peu de cœur, elle nous enverrait un joli bronze en signe de gratitude.

Le brave lieutenant-colonel avait ajouté au rapport que les réservistes couchant en ville devaient réintégrer leurs logements aussitôt après la retraite sonnée.

Cette dernière clause, bien entendu, resta pour nous lettre morte.

L'exercice fini, on rentrait chez soi se livrer à des soins de propreté, après quoi on dînait. Et puis on tâchait vaguement de tuer la soirée au concert du café Dubois ou à l'Alcazar (!) de la rue Petite-Couture.

D'autres se rendaient en des logis infâmes de la rue du Moulin-à-Tan, mais si c'est de la sorte que ces gaillards-là se préparaient à reprendre l'Alsace et la Lorraine, alors *macache!* comme on dit en style militaire.

Au commencement, tout alla bien: des officiers nous coudoyaient, nous reconnaissaient et nous laissaient parfaitement tranquilles. Mais voilà-t-il pas qu'un soir le terrible sous-lieutenant Pète-sec s'avisa de faire un tour au concert.

Ce fut dès lors une autre paire de manches. Nous ayant aperçus dans la salle, il nous invita, sans courtoisie apparente, à *rompre* immédiatement si nous ne voulions pas attraper quatre jours.

Cette perspective décida de notre attitude: nous *rompîmes*.

Mais nous rompîmes la rage au cœur, et bien décidés à tirer de Pète-sec une éclatante vengeance.

Laquelle ne se fit pas attendre.

Quarante-huit heures après cette humiliation, voici ce qui se passait au café Dubois, sur le coup de neuf heures et demie.

Pète-sec entre et jette un regard circulaire pour s'assurer s'il n'y a pas d'*hommes* dans le public.

Comme mû par la force de l'habitude, un jeune homme se lève, porte gauchement la main à la visière de son chapeau (c'est une façon de s'exprimer) et semble fourré dans ses petits souliers.

L'œil de Pète-sec s'illumine: voilà un homme en défaut!

— Qu'est-ce que vous foutez ici, à cette heure-là?

— Mais, mon lieutenant....

— Il n'y a pas de *mon lieutenant*. Payez et rompez!

— Mais, mon lieutenant....

— Vous avez entendu, n'est-ce pas? Payez et rompez!

— Mais, mon lieutenant, je ne fais de mal à personne en prenant un grog et en entendant de la bonne musique avant d'aller me coucher.

— Vous savez bien que le colonel....

— Le colonel. Je m'en fous!

— Vous vous foutez du colonel!

— Oui, je me fous du colonel, et de toi aussi, mon vieux Pète-sec!

C'en était trop!

Pète-sec, suffoqué d'indignation, interpella deux sergents qui se trouvaient là, en vertu de leur permission de dix heures:

— Empoignez-moi cet homme-là et menez-le à la *boîte*!

Cet homme-là acheva de boire son grog, régla sa consommation et dit simplement:

— Vous avez tort de me déranger, mon lieutenant. Ça ne vous portera pas bonheur.

— Taisez-vous et donnez-moi votre nom.

— Je m'appelle Guérin (Jules).

— Votre matricule?

— Souviens pas!

— Je vous en ferai bien souvenir, moi!

Les deux sous-officiers emmenèrent l'homme, pendant que Pète-sec grommelait, indigné:

— Ah! tu te fous du colonel!

Le lendemain matin, ce fut du joli! En arrivant au poste Anatole trouva le sergent de garde en proie à la plus vive perplexité:

—Mon lieutenant, qu'est-ce que c'est donc que ce civil que vous avez fait coffrer hier soir? Ah! il en a fait un potin toute la nuit!... Tenez, l'entendez-vous qui gueule?

Anatole avait pâli.

Diable! si l'homme d'hier n'était pas un réserviste....

Précisément, un caporal amenait le prisonnier.

—Ah! c'est vous mon petit bonhomme, s'écria le captif, qui m'avez fait arrêter hier sans l'ombre d'un motif! Eh bien, vous vous êtes livré à une petite plaisanterie qui vous coûtera cher!

Pète-sec était livide:

—Vous n'êtes donc pas réserviste?

—Ah ça, est-ce que vous me prenez pour un sale *biffin* comme vous? Je sors des *Chass'd'Af*, moi!

—Vous me voyez au désespoir, monsieur....

—Vous m'avez arrêté illégalement et séquestré arbitrairement. Je vais de ce pas déposer une plainte chez le procureur de la République!

Pendant cette scène des hommes s'étaient attroupés devant le poste, et un adjudant venait s'enquérir des causes du scandale.

Pète-sec versa rapidement dans l'oreille du séquestré quelques paroles qui semblèrent le calmer.

Ils s'éloignèrent tous deux, causant et gesticulant.

Au bout de quelques minutes, dans un petit café voisin, Pète-sec tirait de sa poche un objet qui ressemblait furieusement à un carnet de chèques, en détachait une feuille sur laquelle il traçait de fiévreux caractères et regagnait la caserne où il *ramassait* immédiatement huit jours d'arrêts, pour arriver en retard à l'exercice.

Le soir même, un fort lot de réservistes, après un copieux dîner en le meilleur hôtel de Lisieux, passaient une soirée exquise au café Dubois.

On payait du champagne aux petites chanteuses, en exigeant toutefois qu'elles le dégustassent aux cris mille fois répétés de: «Vive Pète-sec!».

C'était bien le moins!

À partir de ce jour, le redoutable Pète-sec devint doux comme un troupeau de moutons. On lui aurait taillé une basane en pleine salle du rapport qu'il n'aurait rien dit.

Il s'abstint strictement de fréquenter les endroits vespéraux de Lisieux.

Seulement, quand ses vingt-huit jours furent finis, qu'il rentra chez lui et qu'un personnel obséquieux s'empressa:

—Bonjour, mon lieutenant!... Comment ça va, mon lieutenant?... Avez-vous fait bon voyage, mon lieutenant?

Mon lieutenant par-ci! Mon lieutenant par-là!

Anatole Duveau s'écria d'une voix sombre:

—Le premier qui m'appelle *mon lieutenant,* je le fous à la porte!

Le Post-scriptum ou Une petite femme bien obéissante

Je ne sais pas ce que vous faites quand vous accompagnez un ami à la gare, après que le train est parti. Je n'en sais rien et ne tiens nullement à le savoir.

Quant à moi, je n'ai nulle honte à conter mon attitude en cette circonstance: je vais au buffet de ladite gare et demande un vermouth cassis (très peu de cassis) pour noyer ma détresse. Car le poète l'a dit: «Partir, c'est mourir un peu».

Au cas où l'heure du départ ne coïncide pas avec celle de l'apéritif, je prends telle autre consommation en rapport avec le moment de la journée.

C'est ainsi que mardi dernier, sur le coup de six heures et demie de relevée, je me trouvais attablé, au buffet de la gare de Lyon, devant une absinthe anisée (très peu d'anisette).

La personne que je venais d'accompagner (ce détail ne vous regarde en rien, je vous le donne par pure complaisance) était une jeune femme d'une grande beauté, mais d'un caractère! que je me sentais tout aise de voir s'en aller vers d'autres cieux.

Je n'avais pas plus tôt trempé mes lèvres dans la glauque liqueur, qu'un homme venait s'asseoir à la table voisine de la mienne.

Ce personnage commanda un amer curaçao (très peu de curaçao) et de quoi écrire.

Après s'être assuré que l'amer qu'on lui servait était bien de l'amer Michel, et le curaçao du vrai curaçao de Reichshoffen, l'homme mit la main à la plume et écrivit deux lettres.

La première, courte, d'une élaboration facile, s'enfourna bientôt dans une enveloppe qui porta cette adresse:

Monsieur le colonel I.-A. du Rabiot
Hôtel des Bains
à Pourd-sur-Alaure.

La seconde lettre coûta plus d'efforts que la première.

Certains alinéas coulaient de sa plume, rapides, cursifs, tout faits. D'autres phrases n'arrivaient qu'au prix de mille peines.

Deux ou trois fois, il déchira la lettre et la recommença.

À un moment, je vis le pauvre personnage écraser, du bout de son doigt, une larme qui lui perlait aux cils.

Cet homme évidemment écrivait à l'aimée. (Les femmes sauront-elles jamais le mal qu'elles nous font?)

Tout prend fin ici-bas, même les lettres d'amour. Quand les quatre pages furent noircies de fond en comble, l'homme les enferma, comme à regret, dans une enveloppe sur laquelle il écrivit cette suscription:

Madame Louise du R....
Poste restante
à Pourd-sur-Alaure.

—Garçon, commanda-t-il alors d'une voix forte, deux timbres de trois sous!

—Voilà, monsieur, répondit le garçon.

Jusqu'à présent, la physionomie du monsieur avait présenté toute l'extériorité de l'abattement mélancolieux.

Soudain, une flambée furibarde illumina sa face.

D'un doigt rageur, il déchira l'enveloppe de Madame Louise du R..., et ajouta à la lettre un petit post-scriptum certainement pas piqué des hannetons.

Ce post-scriptum ne comportait que deux lignes, mais deux lignes, à n'en pas douter, bien tapées. — Attrape, ma vieille!

Je commençais à m'intéresser fort à cette petite comédie, facile à débrouiller d'ailleurs.

L'homme était évidemment l'ami du colonel I.-A. du Rabiot et l'amant de la colonelle Louise.

Le colonel, je l'apercevais comme une manière de Ramollot soignant ses douleurs aux bains de Pourd-sur-Alaure.

Quant à Louise, je l'aimais déjà tout bêtement.

—Garçon, commandai-je alors d'une voix forte, l'indicateur!

—Voilà, monsieur, répondit le garçon.

Il y avait un train à 7 h 40 pour Pourd-sur-Alaure.

Le temps de manger un morceau sur le pouce, et je pris mon billet.

Pourd-sur-Alaure est une petite station thermale encore assez peu connue, mais charmante, et située, comme dit le prospectus, dans des environs merveilleux.

J'arrivai vers minuit, et me fis conduire à l'hôtel des Bains.

Je rêvai de Louise, et la matinée me sembla longue.

Enfin la cloche sonna pour le déjeuner. Mon cœur battit plus fort que la cloche: j'allais voir Louise, celle qui méritait des lettres si tendres et des post-scriptum si courroucés.

Et je la vis.

Petite, toute jeune, très forte, d'un blond! pas extraordinairement jolie, mais juteuse en diable! Louise abondait en plein dans mon idéal de ce jour.

Elle lisait, en attendant le colonel, une lettre que je reconnus. Au post-scriptum, elle eut un sourire, un drôle de sourire, et enfouit sa lettre dans sa poche.

Le colonel, traînant la patte, arrivait à son tour.

—J'ai reçu un mot d'Alfred, dit-il.

—Ah!

—Oui, il te dit bien des choses.

—Ah!

Et toute la grasse petite personne de Louise fut secouée d'un long frisson de rire fou et muet.

Elle s'aperçut que je la dévorais des yeux, et n'en parut pas autrement fâchée.

Au dessert, nous étions les meilleurs amis du monde.

L'après-midi ne fit qu'accroître notre mutuelle sympathie.

Le dîner resserra nos liens.

La soirée au Casino fut définitive.

Sur le coup de dix heures, elle me demanda simplement:

—Quel est le numéro de votre chambre à l'hôtel?

—Dix-sept.

—Filez.... Dans cinq minutes je suis à vous.

Au bout de cinq minutes, elle arrivait.

—Mais votre mari?... fis-je timidement.

—Ne vous occupez pas de mon mari, il joue au whist. Vous savez ce que ça veut dire *whist* en anglais?

—Silence.

—Précisément! Eh bien, taisez-vous et faites comme moi!

En un tour de main, elle se défit de ses atours.

En un second tour de main, elle se glissa, rose couleuvre, emmy les blancs linceux.

En un troisième tour de main, si j'ose m'exprimer ainsi, elle me prodigua ses suprêmes faveurs.

Une ligne de points, s.v.p.

Quand nous eûmes fini de rire, nous causâmes.

—Et Alfred! demandai-je, sarcastique.

—Vous connaissez donc Alfred? fit-elle, un peu étonnée.

—Pas du tout, je sais seulement qu'il vous a écrit hier... surtout un post-scriptum!

—Ah! oui, un post-scriptum!... Eh bien, il a raté une belle occasion de se tenir tranquille, celui-là, avec son post-scriptum! Voulez-vous le lire, son post-scriptum?—Volontiers.

Voici ce que disait le post-scriptum:

P.S. — Et puis, au fait, je suis bien bête de me faire tant de bile pour toi! Va donc te faire f...!

Ce dernier mot en toutes lettres.

Le langage des fleurs

Je conçois, à la rigueur, qu'un touriste ayant passé un siècle ou deux loin d'un pays ne soit pas autrement surpris de trouver, à son retour, des décombres et des ruines où il avait jadis contemplé de somptueux palais; mais tel n'était pas mon cas.

Après une absence de cinq ou six mois, je ne fus pas peu stupéfait de rencontrer, à l'un des endroits de la côte qui m'étaient les plus familiers, un manoir en pleine décrépitude, un vieux manoir féodal que j'étais bien sûr de ne pas avoir rencontré l'année dernière, ni là ni ailleurs.

Mon flair de détective m'amena à penser que ces ruines étaient factices et de date probablement récente.

Le castel en question présentait, d'ailleurs, un aspect beaucoup plus ridicule que sinistre; tout y sentait le toc à plein nez: créneaux ébréchés, tours démantelées, mâchicoulis à la manque, fenêtres ogivales masquées de barreaux dont l'épaisseur eût pu défier les plus puissants barreau mètres; c'était complètement idiot. Une petite enquête dans le pays me renseigna tout de suite sur l'histoire de cette néovieille construction et de son propriétaire.

Ancien pédicure de la reine de Roumanie, le baron Lagourde, lequel est baron à peu près comme moi je suis archimandrite, avait acquis une immense fortune dans l'exercice de ces délicates fonctions.

(Car au risque de défriser certaines imaginations lyriques, je ne vous cacherai pas plus longtemps que Carmen Sylva, à l'instar de vous et de moi, se trouve à la tête de plusieurs cors aux pieds, et la garde qui veille aux barrières du Louvre n'en défend pas les reines).

Le baron Lagourde (conservons-lui ce titre puisque ça a l'air de lui faire plaisir) est un gros homme commun, laid, vaniteux et bête comme ses pieds, qui sont énormes.

Sa femme, qu'il a ramenée de la Bulgarie occidentale, présente l'apparence d'une petite noiraude mal tenue, mais extraordinairement adultérine. Cette Bulgare de l'Ouest (ou Bulgare Saint-Lazare comme on dit plus communément à Paris) trompe en effet son mari à jet continu, si j'ose m'exprimer ainsi, avec des cantonniers.

Pourquoi des cantonniers, me direz-vous, plutôt que des facteurs ruraux ou des attachés d'ambassade? Mystères du cœur féminin!

La baronne adorait les cantonniers et ne le leur envoyait pas dire. Voilà pourquoi la route de Trouville à Honfleur fut si mal entretenue, cet été, quand eux l'étaient si bien.

Le baron Lagourde s'était fixé l'année dernière dans le pays; il y avait acheté une propriété admirablement située d'où l'on découvrait un panorama superbe: à droite, la baie de la Seine; en face, la rade du Havre; à l'ouest, le large.

Sans perdre un instant, l'ex-pédicure royal aménagea sa nouvelle acquisition selon son esthétique et ses goûts féodaux.

En un rien de temps, le manoir sortit de terre; des ouvriers spéciaux lui donnèrent ce cachet d'antiquaille sans lequel il n'est rien de sérieusement féodal. Pour compléter l'illusion, de vrais squelettes chargés de chaînes furent gaîment jetés dans des culs-de-basse-fosse.

Le baron eût été le plus heureux des hommes en son simili Moyen Age sans l'entêtement du père Fabrice. Plus il insistait, plus le père Fabrice s'entêtait. On peut même dire, sans crainte d'être taxé d'exagération, que le père Fabrice s'*ostinait*.

L'objet du débat était un pré voisin, pas très large, mais très long, qui dominait la féodalité du baron et d'où l'on avait une vue plus superbe encore, un pré qui pouvait valoir dans les six cents francs, bien payé. Lagourde en avait offert mille francs, puis mille cent, et finalement, d'offre en offre, deux mille francs.

— Ça vaut mieux que ça, monsieur le baron, ça vaut mieux que ça, goguenardait le vieux finaud en branlant la tête.

Mais cette somme de deux mille francs fut l'extrême limite des concessions et le baron ne parla plus de l'affaire.

Un jour de cet été, le châtelain-pédicure, grimpé sur l'une de ses tours, explorait l'horizon à l'aide d'une excellente jumelle Flammarion.

Tout près de la côte, un yacht filait à petite vapeur: sur le pont, des messieurs et des dames braquaient eux-mêmes des jumelles dans la direction du castel et semblaient en proie à d'homériques gaietés. Ils se passaient mutuellement les jumelles et se tordaient scandaleusement.

Le baron Lagourde ne laissa pas que de se sentir légèrement froissé. Était-ce de son manoir que l'on riait ainsi?

Le lendemain, à la même heure, le même yacht revint, accompagné cette fois de deux bateaux de plaisance dont les passagers manifestèrent, comme la veille, une bonne humeur débordante.

Tous les jours qui suivirent, même jeu.

Des flottilles entières vinrent, ralentissant l'allure dès que le castel était en vue. À bord, les passagers paraissaient goûter d'ineffables plaisirs.

Les pêcheurs de Trouville, de Villerville, de Honfleur, ne passaient plus sans se divertir bruyamment.

Bref, tout le monde nautique de ces parages, depuis l'opulent Ephrussi jusqu'à mon grabugeux ami Baudry dit *la Rogne*, s'amusa durant de longues semaines, comme tout un asile de petites folles.

Très inquiet, très vexé, très tourmenté, le baron résolut d'en avoir le cœur net et de se rendre compte par lui-même des causes de cette hilarité désobligeante.

Un beau matin, il fréta un bateau et, toutes voiles dehors, cingla vers l'endroit où les gens semblaient prendre tant de plaisir.

Au bout d'un quart d'heure de navigation, son manoir lui apparut, plus féodal que jamais, et pas risible du tout. Qu'avaient-ils donc à se tordre, tous ces imbéciles!

Horreur subite! Le baron n'en crut pas ses yeux! La colère, l'indignation, et une foule d'autres sentiments féroces empourprèrent son visage. Il venait d'apercevoir... Était-ce possible?

Au-dessus de son manoir, et bien en vue, le pré du père Fabrice s'étalait au soleil comme un immense drapeau vert, un drapeau sur lequel on aurait tracé une inscription jaune, et cette inscription portait ces mots effroyablement lisibles:

MONSIEUR LE BARON LAGOURDE EST COCU!

Le miracle était bien simple: cette vieille fripouille de père Fabrice avait semé dans son pré ces petites fleurettes jaunes qu'on appelle boutons-d'or en les disposant selon un arrangement graphique qui leur donnait cette outrageante et précise signification: le père Fabrice avait fait de l'*Anthographie* sur une vaste échelle.

Le baron Lagourde restait là dans le canot, hébété de stupeur et de honte devant la terrible phrase qui s'enlevait gaîment en jaune clair sur le vert sombre du pré.

—Monsieur le baron Lagourde est cocu! Monsieur le baron Lagourde est cocu! répétait-il complètement abruti.

Les rires des hommes qui l'accompagnaient le firent revenir à la réalité.

—Ramenez-moi à terre! commanda-t-il du ton le plus féodal qu'il put trouver.

Il alla tout droit chez le maire.

—Monsieur le maire, dit-il, je suis insulté de la plus grave façon sur le territoire de votre commune. C'est votre devoir de me faire respecter, et j'espère que vous n'y faillirez point.

—Insulté, monsieur le baron! Et comment?

—Un misérable, le père Fabrice, a osé écrire sur son pré que j'étais cocu!

—Comment cela?... Sur son pré?

—Parfaitement, avec des fleurs jaunes!

Heureusement que le maire était depuis longtemps au courant de l'excellente plaisanterie du père Fabrice, car il n'aurait rien compris aux explications du baron.

Tous deux se rendirent chez le diffamateur qui les accueillit avec une bonne grâce étonnée:

—Moi, monsieur le baron! Moi, j'aurais osé écrire que monsieur le baron est cocu! Ah! monsieur le baron me fait bien de la peine de me croire capable d'une pareille chose!

—Allons sur les lieux, dit le maire.

Sur ces lieux, on pu voir de l'herbe verte et des fleurs jaunes arrangées d'une certaine façon, mais il était impossible, malgré la meilleure volonté du monde, de tirer un sens quelconque de cette disposition. On était trop près.

(Ce phénomène est analogue à celui qui fait que certaines mouches se promènent, des existences entières, sur des *in-quarto* sans comprendre un traître mot aux textes les plus simples).

—Monsieur le baron sait bien, continua le père Fabrice, que les fleurs sauvages, ça pousse un peu où ça veut. S'il fallait être responsable!...

—Et vous, monsieur le maire, grommela le baron, êtes-vous de cet avis?

—Mon Dieu, monsieur le baron, je veux bien croire que vous êtes insulté, puisque vous me le dites; mais en tout cas, ce n'est pas sur le territoire de ma commune, puisque l'inscription n'y est pas lisible. Vous êtes insulté en mer... plaignez-vous au ministre de la Marine!

Le baron fit mieux que de se plaindre au ministre de la Marine, ce qui eût pu entraîner quelques longueurs.

—Allons vieille canaille, dit-il au père Fabrice, combien votre pré?

—Monsieur le baron sait bien que je ne veux pas le vendre, mais puisque ça a l'air de faire plaisir à monsieur le baron, je le lui laisserai à dix mille francs, et monsieur le baron peut se vanter de faire une bonne affaire! Un pré *où que* les fleurs écrivent toutes seules!

Le soir même, l'essai d'anthographie du père Fabrice périssait sous la faux impitoyable du jardinier.

Maintenant, si j'ai un bon conseil à donner au baron Lagourde, qu'il n'essaye pas du même procédé pour faire une blague au père Fabrice l'année prochaine.

Le père Fabrice a pour l'opinion de ses concitoyens un mépris insondable.

Le Pauvre Bougre et le bon génie

Il y avait une fois un pauvre Bougre.... Tout ce qu'il y avait de plus calamiteux en fait de pauvre Bougre.

Sans relâche ni trêve, la guigne, une guigne affreusement verdâtre, s'était acharnée sur lui, une de ces guignes comme on n'en compte pas trois dans le siècle le plus fertile en guignes.

Ce matin-là, il avait réuni les sommes éparses dans les poches de son gilet.

Le tout constituait un capital de 1 franc 90 (un franc quatre-vingt-dix).

C'était la vie aujourd'hui. Mais demain? Pauvre Bougre!

Alors, ayant passé un peu d'encre sur les blanches coutures de sa redingote, il sortit, dans la fallacieuse espérance de *trouver de l'ouvrage*.

Cette redingote, jadis noire, avait été peu à peu transformée par le Temps, ce grand teinturier, en redingote verte, et le pauvre Bougre, de la meilleure foi du monde, disait maintenant: *ma redingote verte.*

Son chapeau, qui lui aussi avait été noir, était devenu rouge (apparente contradiction des choses de la Nature!).

Cette redingote verte et ce chapeau rouge se faisaient habilement valoir.

Ainsi rapprochés complémentairement, le vert était plus vert, le rouge plus rouge, et, aux yeux de bien des gens, le pauvre Bougre passait pour un original chromo maniaque.

Toute la journée du pauvre Bougre se passa en chasses folles, en escaliers mille fois montés et descendus, en anti-chambres longuement hantées, en courses qui n'en finiront jamais. En tout cela pour pas le moindre résultat.

Pauvre Bougre!

Afin d'économiser son temps et son argent, il n'avait pas déjeuné!

(Ne vous apitoyez pas, c'était son habitude).

Sur les six heures, n'en pouvant plus, le pauvre Bougre s'affala devant un guéridon de mastroquet des boulevards extérieurs.

Un bon caboulot qu'il connaissait bien, où pour quatre sous on a la meilleure absinthe du quartier.

Pour quatre sous, pouvoir *se coller un peu de paradis dans la peau*, comme disait feu Scribe, ô joie pour les pauvres Bougres!

Le nôtre avait à peine trempé ses lèvres dans le béatifiant liquide, qu'un étranger vint s'asseoir à la table voisine.

Le nouveau venu, d'une beauté surhumaine, contemplait avec une bienveillance infinie le pauvre Bougre en train d'engourdir sa peine à petites gorgées.

—Tu ne parais pas heureux, pauvre Bougre? fit l'étranger d'une voix si douce qu'elle semblait une musique d'anges.

—Oh non... pas des tas!

—Tu me plais beaucoup, pauvre Bougre, et je veux faire ta félicité. Je suis un bon Génie. Parle.... Que te faut-il pour être parfaitement heureux?

—Je ne souhaiterais qu'une chose, bon Génie, c'est d'être assuré d'avoir cent sous par jour jusqu'à la fin de mon existence.

—Tu n'es vraiment pas exigeant, pauvre Bougre! Aussi ton souhait va-t-il être immédiatement exaucé.

Être assuré de cent sous par jour! Le pauvre Bougre rayonnait.

Le bon Génie continua:

—Seulement, comme j'ai autre chose à faire que de t'apporter tes cent sous tous les matins et que je connais le compte exact de ton existence, je vais te donner tout ça... en bloc.

Tout ça en bloc!

Apercevez-vous d'ici la tête du pauvre Bougre!

Tout ça en bloc!

Non seulement il était assuré de cent sous par jour, mais dès maintenant il allait toucher tout ça... en bloc!

Le bon Génie avait terminé son calcul mental.

—Tiens, voilà ton compte, pauvre Bougre!

Et il allongea sur la table 7 francs 50 (sept francs cinquante).

Le pauvre Bougre, à son tour, calcula le laps que représentait cette somme.

Un jour et demi!

N'avoir plus qu'un jour et demi à vivre! Pauvre Bougre!

—Bah! murmura-t-il, j'en ai vu bien d'autres!

Et, prenant gaîment son parti, il alla manger ses 7 francs 50 avec des danseuses.

Blagues

J'ai pour ami un peintre norvégien qui s'appelle Axelsen et qui est bien l'être le plus rigolo que la terre ait jamais porté.

(C'est à ce même Axelsen qu'arriva la douloureuse aventure que je contai naguère.

Axelsen avait offert à sa fiancée une aquarelle peinte à l'eau de mer, laquelle aquarelle était, de par sa composition, sujette aux influences de la lune. Une nuit, par une terrible marée d'équinoxe où il ventait très fort, l'aquarelle déborda du cadre et noya la jeune fille dans son lit).

Bien qu'arrivé depuis peu de temps à Paris, Axelsen a su conquérir un grand nombre de sympathies.

J'ajouterai, pour être juste, que ces sentiments bienveillants émanent principalement des mastroquets du boulevard Rochechouart, des marchands de vin du boulevard de Clichy, des limonadiers de l'avenue Trudaine, et, pour clore cette humide série, du gentilhomme-cabaretier de la rue Victor-Massé.

Bref, mon ami Axelsen est un de ces personnages dont on chuchote: *C'est un garçon qui boit.*

Axelsen se saoule, c'est entendu. Mais, dans tous les cas, pas avec ce que vous lui avez payé. Alors fichez-lui la paix, à ce garçon qui ne vous dit rien.

Axelsen ne boit qu'un liquide par jour, un seul liquide, mais à des intervalles effroyablement rapprochés et à des doses qui n'ont rien à voir avec la doctrine homéopathique.

Des jours c'est du rhum, rien que du rhum.

Des jours c'est du bitter, rien que du bitter.

Des jours c'est de l'absinthe, rien que de l'absinthe.

Il est bien rare que ce soit de l'eau de Saint-Galmier. Si rare, vraiment!

Axelsen, autre originalité, professe le plus formel mépris pour le vrai, pour le vécu, pour le réel.

—Comme c'est laid, dit-il, tout ce qui arrive! Et comme c'est beau, tout ce qu'on rêve! Les hommes qui disent la vérité, toute la vérité, rien que la vérité sont de bien fangeux porcs! Ne vous semble-t-il pas?

—Positivement, il nous semble, lui répondons-nous pour avoir la paix.

—Si l'humanité n'était pas si *gnolle [3]* , comme elle serait plus heureuse! On considérerait le réel comme nul et non avenu et on vivrait dans une éternelle ambiance de rêve et de blague. Seulement... il faudrait faire semblant d'y croire. Hein?

—Évidemment, parbleu!

Partant de ce sage principe, Axelsen ne raconte que des faits à côté de la vie, inexistants, improbables, chimériques.

Le plus bel éloge qu'il puisse faire d'un homme:

—Très gentil, ton ami, et très illusoire!

Hier matin, nous nous trouvions installés, quelques autres et moi, au beau soleil de la terrasse d'un distillateur (dix-huitième arron-dissement) quand surgit Axelsen, Axelsen consterné.

Il se laissa choir, plutôt qu'il ne s'assit, sur une proxime chaise, et se tut, ce qui lui fut d'autant plus facile qu'il n'avait pas encore ou-vert la bouche.

—Eh bien! Axelsen, le saluâmes-nous, ça ne va donc pas? Tu as l'air navré.

—Je suis navré comme un Havrais lui-même!

(Il convient de remarquer qu'Axelsen ne prononce jamais les *h* aspirés, détail qui explique tout le sel de la plaisanterie).

—Peut-être n'as-tu pas bien dormi?

—J'ai dormi comme un loir (Luigi).

—Alors quoi?

—Alors quoi, dites-vous? Je viens d'assister à un spectacle telle-ment déchirant! Oh oui, déchirant, ô combien! Garçon!... un vul-néraire!... Ça me remettra, le vulnéraire!

Le vulnéraire fut apporté et je vous prie de croire qu'Axelsen ne lui donna pas le temps de moisir.

—Il n'est pas méchant, ce vulnéraire! Garçon!... un autre vulnéraire!

—Eh bien! Et ce spectacle déchirant?

—Ah! mes amis, ne m'en parlez pas! Je sens de gros sanglots qui me remontent à la gorge! Garçon!... un vulnéraire! Rien comme le vulnéraire pour refouler les gros sanglots qui vous montent à la gorge!

—Causeras-tu, homme du Nord?

—Voici: je viens d'assister au départ de l'omnibus qui va de la place Pigalle à la Halle aux Vins. C'est navrant! Tous ces pauvres gens entassés dans cette caisse roulante!... Et ces autres pauvres gens qui, n'ayant que trois sous, se juchent péniblement sur ce toit, exposés à toutes les intempéries des saisons, au froid, aux autans, aux frimas, au givre en hiver, l'été à l'insolation, aux moustiques! Ah! pauvres gens! Garçon!... un vulnéraire!

—Oui, c'est bien triste et bien peu digne de notre époque de progrès.

—Et les pauvres parents! Les pauvres parents désolés, tordant leurs bras de désespoir et mouillant le trottoir de leurs larmes! Il y avait là de pauvres vieux déjà un pied dans la tombe, des tout-petits à peine au seuil de la vie! Et tous pleuraient, car reverront-ils jamais ceux qui partent? Garçon!... un vulnéraire!

—Pauvres gens!

—C'est surtout quand l'omnibus s'est ébranlé que cela fut véritablement angoisseux. Les mouchoirs s'agitèrent, et de gros sanglots gonflèrent les poitrines de tous ces lamentables. Et pas un prêtre, mes pauvres amis, pas un prêtre pour appeler, sur ceux qui s'en allaient, la bénédiction du Très-Haut!

—Le fait est que la Compagnie des Omnibus pourrait bien attacher un aumônier à chaque station! Elle est assez riche pour s'imposer ce petit sacrifice.

—Enfin la voiture partit.... Un moment elle se confondit avec un gros tramway qui arrivait de la Villette, puis les deux masses se détachèrent et le petit omnibus redevint visible, pas pour long-temps, hélas! car à la hauteur du Cirque Fernando, il vira tribord et disparut dans la rue des Martyrs. Garçon!... un vulnéraire!

—Et les parents?

—Les parents? Je ne les revis pas!... J'ai tout lieu de croire qu'ils profitèrent d'un moment d'inattention de ma part pour se noyer dans le bassin de la place Pigalle! On retrouvera sans doute leurs corps dans les filets de la fontaine Saint-Georges!... Garçon!... un vulnéraire!

—Axelsen, fit l'un de nous gravement, je ne songe pas une seule minute à mettre en doute le récit que tu viens de nous faire. Mais es-tu bien certain que les choses se soient passées exactement comme tu nous les racontes?

—Horreur! Horreur! Cet homme ose me taxer d'imposture! Je suf-foque!... Garçon!... un vulnéraire!

Un point d'histoire

Beaucoup de personnes se sont étonnées, à juste titre, de ne pas voir figurer mon nom dans la liste du nouveau ministère.

Ne faut-il voir dans cette absence qu'un oubli impardonnable, ou bien si c'est un parti pris formel de m'éloigner des affaires?

La première hypothèse doit être écartée. Quant à la seconde, la France est là pour juger.

Le lundi 5 décembre 1892, au matin, sur le coup de neuf heures, neuf heures et demie, M. Bourgeois sonnait chez moi. Le temps d'enfiler un pantalon, de mettre mon ruban d'officier d'Académie à ma chemise de flanelle, j'étais à lui.

—M. Carnot vous fait demander, me dit-il. J'ai ma voiture en bas. Y êtes-vous?

—Un bout de toilette et me voilà.

—Inutile, vous êtes très bien comme ça.

—Mais vous n'y songez pas, mon cher Bourgeois....

M. Bourgeois ne me laissa pas achever. D'une main vigoureuse il m'empoigna, me fit prestement descendre les quatre étages de mon rez-de-chaussée de garçon et m'enfourna dans sa berline.

Cinq minutes après nous étions à l'Élysée.

M. Carnot me reçut le plus gracieusement du monde; sans faire attention à mes pantoufles en peau d'élan, à mon incérémonieux veston, ni à mon balmoral (sorte de coiffure écossaise), le président m'indiqua un siège.

—Quel portefeuille vous conviendrait plus particulièrement? me demanda-t-il.

Un moment, je songeai aux Beaux-arts à cause des petites élèves du Conservatoire chez qui le titre de ministre procure une excellente entrée.

Je pensai également aux Finances, à cause de ce que vous pouvez deviner.

Mais le patriotisme parla plus haut chez moi que le libertinage et la cupidité.

—Je sollicite de votre confiance, Monsieur le Président, le portefeuille de la Guerre.

—Avez-vous en tête quelques projets de réformes relatifs à cette question?

—J' t'écoute! répliquai-je peut-être un peu trivialement.

Avec une bonne grâce parfaite, M. Carnot m'invita à m'expliquer.

—Voici. Je commence par supprimer l'artillerie....

—!!!!!

—Oui, à cause du tapage vraiment insupportable que font les canons dans les tirs à feu, tapage fort gênant pour les personnes dont la demeure avoisine les polygones!

M. Carnot esquissa un geste dont je ne compris pas bien la signifiance. Je continuai:

—Quant à la cavalerie, sa disparition immédiate figure aussi dans mon plan de réformes.

—!!!!!

—On éviterait, de la sorte, toutes ces meurtrissures aux fesses et ces chutes de cheval qui sont le déshonneur des armées permanentes!

—Et l'infanterie?

—L'infanterie? Ce serait folie et crime que de la conserver! Avez-vous servi, Monsieur le Président, comme fantassin de deuxième classe?

Pendant quelques instants, M. Carnot sembla recueillir ses souvenirs.

—Jamais! articula-t-il à la fin d'une voix nette.

—Alors, vous ne pouvez pas savoir ce que souffrent les pauvres troubades, en proie aux ampoules, aux plaies des pieds, pendant les marches forcées. Vous ne pouvez pas vous en douter, Monsieur le Président, vous ne pouvez pas vous en douter!

—Et le génie?

—Je n'ai pas de prévention particulière contre cette arme spéciale, mais... laissez-moi vous dire. J'avais, il y a quelques années, une petite bonne amie, gentille comme un cœur, qui se nommait Eugénie, mais que moi, dans l'intimité, j'appelais *Génie*. Un jour, cette jeune femme me lâcha pour aller retrouver un nommé Caran d'Ache qui, depuis... mais alors...! je conçus de cet abandon une poignante détresse, et encore à l'heure qu'il est, le seul proféré de ces deux syllabes *Gé-nie* me rouvre au cœur la cicatrice d'amour....

Je m'arrêtai; M. Carnot essuyait une larme furtive.

—Nous arrivons aux pontonniers, poursuivis-je. Vous qui êtes un homme sérieux, Monsieur le Président, je m'étonne que vous ayez conservé jusqu'à maintenant, dans l'armée française, la présence de ces individus dont la seule mission consiste à monter des bateaux!

À ce moment, le premier magistrat de notre République se leva, semblant indiquer que l'entretien avait assez duré.

Pendant tout ce temps, on n'avait rien bu; j'offris à MM. Carnot et Bourgeois de venir avec moi prendre un vermouth chez le marchand de vin de la place Beauvau.

Ces messieurs n'acceptèrent pas.

Je ne crus pas devoir insister; je me retirai en saluant poliment.

Inanité de la logique

La logique mène à tout à condition d'en sortir, dit un sage.

Ce sage avait raison et le Pasteur qui découvrira, pour le tuer, le bacille du corollaire ou le microbe de la réciproque, rendra un sacré service à l'humanité.

Sans aller plus loin, moi, j'ai un ami qui serait le plus heureux garçon de la création sans la rage qu'il a de tirer des conclusions des faits et d'arranger sa vie *logiquement*, comme il dit.

Aussi son existence n'est-elle qu'une forêt de gaffes.

Un petit fait, entre autres, me vient à la remembrance.

À ce moment-là, il était étudiant et pas très riche. Sa pension mensuelle avait pour destination de payer des breuvages à toutes les petites femmes qui passaient sur le boulevard Saint-Michel. Aussi son tailleur ne recevait-il, à des laps séculaires, que de dérisoires acomptes.

Un beau jour, impatienté, ce commerçant monta chez le jeune homme et *panpanpana* à sa porte.

Devinant de quoi il s'agissait, le jeune homme ne souffla mot, et même, selon le procédé autrichien, enfouit sa tête emmy les linceux.

Pan, pan, pan! insista le tailleur.

Pareil mutisme.

À la fin, l'homme s'impatienta:

—Mais répondez donc, nom d'un chien! proféra-t-il. Je vois bien que vous êtes chez vous, puisque vos bottines sont à la porte!

Cette leçon ne fut pas perdue, et désormais, au petit matin, mon ami rentrait ses chaussures.

À quelques jours de là, revint le tailleur. Ses *panpanpan* demeurèrent sans écho. Et comme il insista bruyamment, ce fut au tour de mon ami de se fâcher. Il cria, de son lit:

—Est-ce que vous aurez bientôt fini de faire de la rouspétance dans le corridor, espèce d'imbécile?... Vous voyez bien que je ne suis pas chez moi, puisque mes souliers ne sont pas à la porte!

Grossière supercherie dans laquelle ne coupa point le fournisseur.

Bizarroïde

Je ne suis pas ce qu'on appelle un ennemi de l'originalité. Certes, j'estime qu'il convient d'enfiler ses propres bottes de préférence à celles des autres. Mais de là, grand Dieu! à chausser les escarpins de la Chimère, les godillots du Jamais Vécu et les brodequins de l'Inarrivable, trouvez-vous pas une nuance?

Certaines gens s'appliquent à toutes les déconcertantes. Pour d'autres aussi — soyons justes — la maboulite chronique paraît être la seule norme, dans le Verbe aussi bien que dans le Geste.

Ce matin, je suis allé prendre un bain. À l'entrée, causaient deux messieurs, un qui s'en allait, un qui venait, et la conversation s'arrêta sur ce mot que dit celui qui venait:

— Eh bien, je vous assure, mon cher usufruitier, que je n'ai pas tant de frais qu'on dit parce qu'il y a *un ami de ma tante Morin qui me sert d'ancien préfet.*

Je ne songeai même pas à deviner le sens de ce propos, mais — l'avouerai-je? — j'en contractai quelque inquiétude.

Justement l'homme qui avait proféré cette drôle de phrase occupait la cabine (dit-on cabine quand il s'agit de bains chauds?) voisine de la mienne.

Les cloisons de mon établissement de bains sont minces ainsi que la baudruche. Aussi perçoit-on le plus mince clapotis d'à côté.

Mon voisin, le neveu de Mme Morin, faisait une vie d'enfer dans sa baignoire. Un groupe important d'otaries eût-on dit.

Et puis, à un moment, voilà qu'il s'interrompit pour sonner le garçon.

— Monsieur a sonné? fit bientôt ce dernier.

— Oui... *Donnez-moi donc la monnaie de vingt sous.*

À l'heure qu'il est, je me demande encore quel besoin immédiat peut pousser un homme nu qui trempe dans l'eau tiède à demander, toute affaire cessante, de la monnaie de vingt sous!

Le bahut Henri II

Nous en étions arrivés à ce moment du dîner où se produit ordinairement l'explosion des sentiments généreux.

D'un commun accord, nous flétrîmes l'esclavage, la question avait été mise sur le tapis par un gros garçon que l'on prétendait être un fils naturel de Mgr de Lavigerie. (Le fait est que l'extrême rubiconderie de son teint semblait dériver immédiatement de quelque pourpre cardinalice).

Ce dîner était un dîner joyeux, composé de quelques Portugais, lesquels, ainsi que l'affirme un proverbe arabe, n'engendrent jamais la mélancolie.

Il y avait là le major Saligo, et Timeo Danaos, et Doña Ferentès (la seule dame de la société), et Sinon, et Vero, et Ben Trovato, et quelques autres que j'oublie.

En fait de Français: l'écarlate bâtard, le lieutenant de vaisseau Becque-Danlot, et moi.

J'ai dit plus haut que nous flétrissions l'esclavage d'un commun accord; cela n'est pas tout à fait exact. Becque-Danlot ne flétrissait rien du tout. Becque-Danlot semblait, pour le moment, étranger à toute indignation.

Ce fut la belle Doña Ferentès qui s'en aperçut la première.

—Eh bien! capitaine, fit-elle de sa jolie voix andalouse, ça ne vous révolte pas, ces hommes vendus par des hommes, ces hideux marchés d'Afrique?

—Je vous demande mille pardons, señora, répondit l'homme de mer, je me sens indigné au plus creux de mon être, mais ma conduite passée m'interdit de me joindre à vous pour conspuer publiquement ces détestables pratiques.

Après un silence, il ajouta:

—Moi qui vous parle, j'ai vendu un homme!

Ce souvenir ne semblait pas torturer à l'excès notre ami Becque-Danlot, car il éclata d'un rire auquel le remords n'enlevait rien de sa joyeuse sonorité.

—Vous, capitaine! Vous, l'honneur de la marine française! Vous avez vendu un homme?

—J'ai vendu un homme! insista Becque-Danlot, toujours gai.

—En Afrique?

—Non, pas en Afrique, en France.

—En France!

—Parfaitement! Et même mieux: à Paris!

—À Paris!

—Parfaitement! Et même mieux: à l'Hôtel des Ventes, rue Drouot.

Du coup, nous jugeâmes que l'intrépide marin se gaussait de nous.

Le fils naturel de Mgr de Lavigerie se fit l'écho de tous:

—Vous vous payez notre poire, capitaine!

Sans s'arrêter à cette apostrophe triviale, Becque-Danlot reprit:

—Oui, señora, oui, messieurs, j'ai bazardé un bonhomme à l'Hôtel des Ventes. Ça n'est même pas une brillante opération que j'ai faite là. J'ai perdu 350 francs... mais j'ai bien rigolé!

Un point d'interrogation se peignit sur chacune de nos faces.

—Contez-nous cela, ordonna Ferentès.

Un marin français n'a jamais rien refusé à une grande dame andalouse: le fait est bien connu.

Je passe sous silence le cigare classique qu'alluma le conteur, les spirales traditionnellement bleuâtres qu'il contempla un instant, et j'arrive au récit de Becque-Danlot:

Il y a de cela trois ans. J'arrivais du Sénégal avec un congé de six mois de convalescence et bien disposé à en profiter largement.

Un petit héritage que je venais d'accomplir me permettait de bien faire les choses. Je louai, rue Brémontier, un rez-de-chaussée que je meublai fort gentiment, ma foi, et me voilà parti pour la vie joyeuse.

Un soir, au Jardin-de-Paris, je fis connaissance d'une jeune femme qui me plut énormément. Pas étonnamment jolie, mais d'une distinction et d'un charme! Très réservée, avec cela, et ne ressemblant nullement à toutes ces marchandes d'amour qui peuplaient l'endroit.

Elle me raconta une histoire à dormir debout, dans laquelle je coupai, d'ailleurs, comme un rasoir.

Fille d'un général, élevée à Saint-Denis, père remarié, belle-mère acariâtre, scènes continuelles, existence impossible, fuite, malheurs, envies de suicide.

Le tout accompagné de larmes furtives qu'elle essuyait fréquemment avec un mouchoir sentant très bon.

Ce qui suivit, vous le devinez tous, n'est-ce pas? J'emmenai la jeune personne chez moi, l'installai, la lotis d'un amour de petite femme de chambre.

Bref, je fus bon avec elle, comme s'il en pleuvait, et discret, et bien élevé. Tout à fait charmant, vous dis-je.

Je la laissais seule presque toute la journée, ne venant la quérir que le soir, vers six heures, pour dîner, aller au théâtre, au concert.

Elle semblait s'être prise pour moi d'une ardente passion et me répétait souvent:

—Quand vous me quitterez, mon ami, je me tuerai!

Diable!

Je commençais à devenir sérieusement inquiet de la tournure que prenaient les choses, quand, un matin, l'amour de petite femme de chambre me remit un billet qu'elle me pria de lire plus tard dans la journée.

Monsieur, disait le billet, *n'a pas idée de ce que Madame se fiche de Monsieur! Monsieur n'a pas plus tôt les talons tournés que Madame reçoit une espèce de gigolo qui marque bigrement mal. Au cas où Monsieur rentrerait brusquement, ce qui est déjà arrivé une fois, l'affaire est arran-*

gée: le gigolo se glisse dans le bahut Henri II qui sert de coffre à bois pendant l'hiver. Madame donne un tour de clef au bahut, met la clef dans sa poche, et ni vu ni connu! Comme le couvercle ne joint pas très bien, et que le bahut est très grand, le gigolo n'est pas trop mal pendant que Monsieur est là. Pour être sûr de piéger le gigolo, venir de préférence vers deux heures de l'après-midi.

MARIE.

D'abord, je me refusai à croire à tant d'infamie, mais tout de même j'étais là vers deux heures.

Une mimique expressive de l'amour de petite femme de chambre m'apprit que j'arrivais bien.

Ellen (vous ai-je dit que la personne s'appelait Ellen?), Ellen me reçut avec le plus enchanteur de ses sourires, et la plus calme de ses physionomies:

—Quelle bonne fortune de vous voir à cette heure!

La clef du bahut n'était pas sur la serrure, une grosse clef en fer forgé de l'époque, assez malaisée à dissimuler.

Quelques privautés manuelles m'apprirent à n'en pas douter que la clef se trouvait dans une des poches de la belle.

Donc, plus de doutes!

Comment l'idée me vint de faire ce que je fis en cette circonstance, je n'en sais encore rien. Une lueur de génie, sans doute!

J'envoyai Ellen m'acheter une cravate chez un chemisier de l'avenue de Villiers, prétendant qu'elle seule saurait la choisir à mon goût.

Pendant son absence, et en moins de temps qu'il n'en faut pour l'écrire, j'arrêtais une voiture; aidé d'un commissionnaire, je chargeais le bahut Henri II, et en route pour la salle des ventes!

Le meuble, grâce à quelques pièces de cent sous judicieusement distribuées, prit place dans un mobilier qu'on allait mettre en vente.

On fit bien quelques difficultés pour la clef absente, mais l'état du dehors répondait pour la conservation intérieure.

Au bout d'une demi-heure, un Auvergnat en faisait l'acquisition pour la somme de deux cent cinquante francs. (Il m'en avait coûté six cents).

Mon bahut fut chargé avec son contenu sur une énorme voiture de déménagement. On entassa par-dessus les objets les plus hétéroclites, literie, bronzes d'art, bouteilles de vin, cages à oiseaux, voitures d'enfant, lustres en cristal, etc.

Sous cet attirail, le gigolo devait mener un train d'enfer, mais les parois épaisses du bahut étouffaient ses clameurs.

Dans quelle direction fut-il dirigé? Lui rendit-on promptement sa liberté? Ou bien, s'il y est encore? Je ne songeai jamais à m'occuper de ces détails; mais je vous le répète, señora et messieurs, si j'ai ri dans ma vie, c'est bien ce jour-là.

Quant à Ellen, je ne la revis pas.

L'amour de petite femme de chambre m'apprit qu'elle avait quitté mon appartement après avoir fait un petit paquet de ses objets précieux, et sans faire la moindre allusion au meuble qui manquait.

Depuis ce temps-là, j'ai banni tout bahut Henri II de mes ameublements.

Le truc de la famille

Je n'ai jamais songé à prétendre que le célibat ne comportât point mille avantages particuliers dont la nomenclature m'entraînerait trop loin.

Mais à côté de ces profits, que de petites misères inéluctables, que d'infériorités morales, que de consternants déboires!

Vous avez beau dire, il est cent prouesses défendues à un garçon, lesquelles ne sont que jeux d'enfant pour une famille.

J'ai assisté ces jours-ci à toute une petite comédie qui m'a littéralement ravi et qui—l'avouerai-je?—m'a fort incité à convoler et à procréer.

Arrivé un peu en retard, je trouvai le train à peu près bondé. Comme mon trajet était un peu long, mon nez devint plus long encore, à l'idée de plus un bon coin de reste.

Mon attention fut vite attirée par deux jeunes enfants, un garçon et une fille, menant grand tapage de trompettes à la portière d'un wagon.

Derrière eux, debout, une femme dépoitraillée plus que de raison allaitait un nouveau-né qui piaillait comme un jeune démon.

Un monsieur—le père, évidemment, et le mari—se tenait dans le fond, fumant sa pipe à rendre la locomotive jalouse.

Mon parti fut vite pris, tant m'avait charmé ce joli tableau de famille. Je pénétrai.

Dire que je fus reçu par un sourire unanime serait une évidente exagération. Au contraire, mon arrivée détermina sur toutes ces faces un hideux rictus de mécontentement.

Un coup de sifflet et nous voilà partis.

Alors, changement à vue.

La père remet sa pipe dans son étui.

La maman remmaillote le gosse, le pose soigneusement dans le filet aux bagages et remet un peu d'ordre dans l'économie de son corsage.

Les deux aînés abandonnent leur trompette et se collent dans un coin, bien sages.

Tout ce monde s'endort, sauf moi, émerveillé de ce rapide apaisement.

L'apaisement dura jusqu'à l'approche de la prochaine station.

À ce moment, nouveau changement à vue et reprise des hostilités.

La pipe, la maman dépoitraillée, le tout-petit qui gueule, les gosses qui soufflent dans leurs trompettes.

Et puis le train repart. Paix, silence, sommeil.

Il en fut ainsi à chaque station jusqu'à Bruxelles, où je me rendais, en compagnie fortuite de ces gens.

Je vous prie de croire que pas un voyageur n'eut l'idée d'envahir notre compartiment.

Et je pensai que — peut-être bien — le monsieur à la pipe s'était marié et avait créé des enfants dans l'unique but d'éloigner de son wagon, quand il voyagerait, les intrus.

Un cliché d'arrière-saison

Un *typo* de mon journal vient de m'annoncer que le cliché *On rentre....* *On est rentré* n'est pas si éculé qu'on aurait pu croire et qu'il peut servir encore une fois ou deux.

Dieu sait pourtant si on en a abusé de ce Paris qui rentre, qui n'arrête pas de rentrer!

Ça commence aux premiers jours de septembre et ça ne finit jamais.

Quand j'étais un tout petit garçon (oh! le joli petit garçon que je faisais, gentil, aimable, et combien rosse au fond!) et que je lisais les mondanités dans les grands organes, je me figurais le *Paris qui rentre* d'une drôle de façon!

Des malles à loger des familles entières, des boîtes à chapeaux beaucoup plus incomptables que les galets du littoral, des chefs de gare perdant la tête, et surtout—oh! surtout—de belles jeunes femmes un peu lasses du trajet, mais si charmantes, une fois reposées, demain.

Rien de vrai, dans tout cela.

Le train qui arrive aujourd'hui à 6 h 20 ressemble étonnamment au train qui est arrivé, voilà trois mois, à 7 h 15, et on le prendrait volontiers pour le train qui arrivera dans six mois à midi moins le quart.

Quant aux gens qui se trouvaient à Trouville cet été, ou dans leurs terres cet automne, ils étaient remplacés à Paris par d'autres gens qui se trouveront à Nice cet hiver, ou au tonnerre de Dieu ce printemps prochain.

C'est surtout à Paris qu'il n'y a personne d'indispensable.

Paris rentre!... Paris s'en va!

Et puis quoi? Si j'étais un garçon mal élevé, je sais bien ce que je dirais.

Moi aussi, je suis rentré ces jours-ci, et j'ai trouvé sur mon bureau des lettres, sans exagérer, haut comme ça.

S'il fallait que je répondisse personnellement, il me faudrait mobiliser toute la réserve et toute la territoriale des secrétaires de France.

Alors, qu'ai-je fait? Je répondrai, résolus-je, à un seul, tiré au sort.

L'heureux gagnant se trouve être un jeune peintre qui me demande comment s'y prendre, quand il veut travailler, pour éloigner de son atelier les fâcheux, les raseurs, les tapeurs, les fournisseurs et autres amateurs.

Oh! mon Dieu, c'est bien simple! Que cet artiste agisse à mon instar, et il s'en trouvera bien.

Depuis trois ans j'ai fait établir, à l'entrée de mon vestibule, un tourniquet par lequel on doit passer pour pénétrer chez moi.

Un invalide à ma solde exige le versement préalable de la somme d'un franc.

Vous n'avez pas idée, depuis cette inauguration, comme a diminué la cohue visiteuse!

Les raseurs y regardent à deux fois. Payer vingt sous pour embêter le monde n'est pas souvent leur apanage.

Les tapeurs sont, en large proportion, éliminés. Il n'entre plus que les tapeurs de haut vol (dans les 25.000). Ceux-là, je les laisse parler.

Quant aux créanciers, ils n'hésitent pas. Qu'est-ce que c'est que vingt sous pour un créancier?

Moi, je les laisse faire.

Ainsi, ce matin même, j'ai réglé à mon bottier une petite note de quatre-vingts francs. Il était venu vingt-cinq fois. Ça fait du trente et quelque pour cent.

Et puis, j'ai envie d'organiser des jours chics à cent sous: le vendredi, par exemple.

Un fait-divers

Jeudi dernier, les époux H... se rendaient au Théâtre Montmartre pour assister à la représentation du *Vieux Caporal*. Ils avaient laissé leur domicile sous la garde d'un petit chien fort intelligent qui répond au nom de Castor.

Si l'Homme est véritablement le roi de la Création, le Chien peut, sans être taxé d'exagération, en passer pour le baron tout au moins.

Castor, en particulier, est un animal extrêmement remarquable, dont les époux H... ont dit à maintes reprises:

—Castor?... Nous ne le donnerions pas pour dix mille francs!... quand ce serait le pape qui nous le demanderait!

Bien en a prix aux époux H... de cet attachement.

Ces braves gens n'en étaient pas plus tôt au deuxième acte du *Vieux Caporal*, que des cambrioleurs s'introduisaient dans leur domicile.

Castor, occupé en ce moment à jouer au bouchon dans la cuisine, entendit le bruit, ne reconnut pas celui de ses maîtres (le pas, bien entendu), et se tapit dans un coin, l'oreille tendue.

Une minute plus tard, sa religion était éclairée: nul doute, c'était bien à des cambrioleurs qu'il avait affaire.

À l'astuce du renard, Castor ajoute la prudence du serpent jointe à la fidélité de l'hirondelle. Seule la vaillance du lion fait défaut à ce pauvre animal.

Que faire en cette occurrence? Une angoisse folle étreignait la gorge de Castor.

Aboyer? Quelle imprudence! Les malandrins se jetteraient sur lui et l'étrangleraient, tel un poulet.

Se taire? S'enfuir? Et le devoir professionnel!

Une lueur, probablement géniale, inonda brusquement le cerveau de Castor.

Sortant à pas de loup (ce qui lui est facile ataviquement, le chien descendant du loup), Castor se précipita vers une maison en construction, sise non loin du domicile des époux H.... Saisissant dans sa gueule une des lanternes (éclairage Levent, ainsi nommé parce que la moindre brise suffit à son extinction), Castor revint en toute hâte vers le logement de ses maîtres.

La ruse eut tout le succès qu'elle méritait. Les cambrioleurs, apercevant de la lumière dans la pièce voisine, se crurent surpris et se sauvèrent par les toits (les cambrioleurs se sauvent toujours par les toits dès qu'ils sont surpris).

Il serait impossible de rendre la joie de Castor à la vue de la réussite de sa supercherie.

Quand ses maîtres rentrèrent, ils le trouvèrent se frottant encore les pattes de satisfaction.

Et il y a des gens qui disent que les bêtes n'ont pas d'âme! Imbéciles, va!

Arfled

Voilà seulement cinq ou six ans, j'étais loin de la position brillante à laquelle je suis parvenu, beaucoup plus d'ailleurs par mon mérite—quoi qu'en disent les imbéciles—que par les femmes. À cette époque, bien humble était ma tenue, insuffisantes mes ressources, indélicats parfois mes *modi vivendi*, chimérique mon mobilier, illusoire mon crédit.

J'habitais alors un hôtel meublé, l'hôtel des Trois-Hémisphères, sis dans le haut de la rue des Victimes.

La clientèle de cet établissement se recrutait principalement dans le monde des cirques et des music-halls de l'univers entier.

J'y rencontrai des hommes-serpents de Chicago, des ténors de Toulouse, des clowns de Dublin et même une charmeuse de serpents de Chatou.

J'adorais la patronne; c'était d'ailleurs une exquise patronne, blonde, un peu trop forte, plus très jeune, mais encore très fraîche, avec des yeux qui ne demandaient qu'à rigoler.

J'aimais beaucoup moins le patron, et, pour mieux dire, je l'abhorrais.

J'étais en cela de l'avis d'Arfled.

Arfled? qui ça, Arfled? Comment, vous ne connaissez pas Arfled?

Anglais, très joli garçon, souple et fort, distinction exquise, possession incomplète de la langue française, mais qu'importe quand on a la mimique pour soi?

Situation sociale: clown au cirque Fernando.

—Arfled, lui dis-je un jour, quel drôle de nom vous avez!

Et il me raconta que, dans l'origine, il s'appelait Alfred, mais qu'un jour, ayant découpé dans une étoffe les lettres qui composent ce nom pour les appliquer sur un costume, la femme chargée de cet ouvrage se trompa dans la disposition et les cousit ainsi: *Arfled*.

Ce nouveau nom lui plut beaucoup et il le garda.

Oh! non, Arfled n'aimait pas M. Pionce, le patron des Trois-Hémisphères.

Pourquoi? Je ne saurais l'assurer, mais je m'en doute.

L'affection qu'il aurait pu porter au ménage Pionce s'était concentrée, je suppose, tout entière et trop exclusive sur Mme Pionce.

Arfled était un garçon de goût, voilà tout.

Deux fois par jour, Arfled constituait, pour la jolie Mme Pionce, un divertissement sans bornes.

Le matin, il descendait *mettre* sa clef au bureau de l'hôtel.

Mme Pionce s'y trouvait-elle seule, alors c'était sur toute la face d'Arfled un enchantement extatique. Ses yeux reflétaient l'azur du septième ciel. Sa bouche s'arrondissait en cul-de-poule, comme le ferait une personne qui ressentirait une transportante saveur.

Et des compliments:

— Bonnjô, médéme Pionnce, comment pôté-vô? Havé-vô passé le bonne nouite? Jamé, médéme Pionnce, jamé, vô étiez plous jaôlie qu'aujôd'houi! Bonnjô, médéme, bonne appétite!

Si, à l'heure de la descente, M. Pionce se trouvait là, Arfled prenait une tête de dogue hargneux. Il relevait le col de son pardessus, enfonçait son chapeau sur les yeux et poussait des grognements de mauvais bull.

Le soir, à la rentrée, répétition exacte des scènes ci-dessus, selon que M. Pionce se trouvait là ou pas.

Si bien qu'au seul aspect d'Arfled, Mme Pionce se sentait toute pâmée de rire.

Un matin, Arfled trouva Mme Pionce en conversation avec un locataire.

— Et M. Pionce, disait l'homme, comment va-t-il?

— Pas mieux, je vais envoyer chercher le médecin.

La physionomie d'Arfled se convulsa et, sur le ton du plus cruel désespoir, il s'informa:

— M. Pionce, il été méléde?

—Mais oui, monsieur Arfled, il a toussé toute la nuit....

—Toutte lé nouitte? Aoh! aoh! Pauv'homme!

Et le soir, Arfled s'enquit avec une sollicitude touchante du rhume de M. Pionce.

—Je vous remercie, il va un peu mieux.

Arfled joignit les mains, leva les yeux au ciel:

—Aoh! Mêci, mon Diou, mêci!

Malheureusement le mieux ne se maintint pas. Le lendemain, aggravation, vésicatoires.

Arfled faillit se trouver mal.

Le soir, un peu d'amélioration.

Arfled tomba à genoux dans le bureau et entama un cantique d'action de grâces:

Thanks, my Lord! Thanks!

Malgré son inquiétude et sa peine, la pauvre Mme Pionce, mise en joie par cette comédie, se tordait.

Ainsi se passa la semaine, avec des alternatives de mieux et de pire.

Un soir, Arfled rentrait.

Mme Pionce se trouvait dans le bureau de l'hôtel, entourée de quelques personnes pleines de sollicitude.

Ses traits tirés, ses yeux rouges indiquaient que cela n'allait pas mieux et que tout était peut-être fini.

Mais à la vue d'Arfled, à l'idée de la tête qu'il ferait en apprenant la fatale nouvelle, Mme Pionce oublia tout.

Elle se renversa dans son fauteuil, secouée par une crise de rire.

Et ce ne fut qu'après cinq minutes convulsives qu'elle put lui dire, d'une voix encore coupée par des éclats d'hilarité.

—Il... est... mort!

Black Christmas

I Prologue

Je veux bien encore, malgré mon extrême lassitude, malgré mon écœurement de tout ce qui se passe en ce moment, malgré mille déceptions de toutes sortes, je veux bien vous dire un conte de Noël.

Oui, mais pas un conte de Noël comme tous les autres.

Dans les coutumiers contes de Noël, il tombe de la neige, comme si le bon Dieu plumait ses angelots.

S'il ne neige pas, dans les contes de Noël, au moins le sol est durci par le froid et le talon des passants résonne joyeusement sur les pavés.

Dans mon conte de Noël de cette année, si ça ne vous fait rien, nous jouirons d'une chaleur de tous les diables, phénomène peu étonnant quand vous saurez que la chose se passe dans une plantation de La Havane.

II Le rêve d'un nègre

Mathias, un superbe nègre d'origine cafre, d'une vingtaine d'années (peut-être un peu plus, mais pas beaucoup), s'étend sur des nattes, dans un coin de sa case, et rêve mélancholieusement.

C'est demain Noël, et toutes les légendes relatives à ce divin jour lui chantent dans la tête et dans le cœur.

Mathias est un superbe nègre, mais c'est un nègre solitaire dont l'âme a du vague.

Puis une torpeur s'empare de ses sens, et voilà qu'il rêve.

Ses souliers, qu'il a mis dans la cheminée (en rêve, bien entendu, car sa case ne comporte qu'un petit poêle économique de fabrication américaine), prennent des proportions démesurées.

Ses souliers se modifient également quant à leur forme, et tendent à revêtir l'aspect d'une gondole.

Puis la gondole se met à voguer sur je ne sais quel lac d'amour, et c'est lui qui la mène, lui, Mathias.

À l'arrière, une fine brume enveloppe comme un voile... une femme peut-être?

Oui, une femme!

Un petit zéphyr de rien du tout dissipe la brume qu'absorbe l'eau du lac, et Mathias pousse un cri.

Cette femme est la femme qu'il aime.

III La belle quarteronne

Imaginez un bloc de porphyre qui serait café au lait clair, avec parfois des roseurs.

Taillez dans ce bloc une robuste et sensuelle statue de jeune fille de seize ans.

Mettez-lui d'incomptables cheveux noirs, des yeux de diamant brun, des sourcils trop fournis qui se rejoignent presque, corrigez ce que les sourcils ont d'un peu dur, par une grande bouche bonne fille, et le retroussement d'un petit nez tout à fait rigolo.

Vous aurez ainsi obtenu Maria-Anna, la fille du planteur.

IV Ce qu'était Mathias

Mathias n'était pas le premier nègre venu.

Né dans la plantation d'anciens esclaves devenus fidèles serviteurs, son intelligence et le désir d'apprendre se manifestèrent dès le jeune âge.

Fort ingénieux, il faisait tout ce qu'il voulait de ses doigts et des autres parties de son corps.

Chimiste de première force, il découvrit la synthèse de la nicotine en faisant chauffer, en vase clos, parties égales de chaux vive, de bouse de vache, avec deux ou trois ronds de betterave.

Peu après cette découverte, il recevait les palmes académiques en récompense de son beau travail sur l'*Utilisation des feuilles de choux dans les cigares de la régie française* [4] .

Par un contact habile et raisonné entre la feuille de chou et la feuille de tabac, il arriva promptement à ce remarquable résultat que la feuille de chou semblait une feuille de tabac, alors que cette dernière aurait pu facilement être employée comme vieille feuille du noyer.

Si bien qu'on pouvait dire à la Feuille de chou, comme en la fable délicieuse du poète Sâdi: «Pardon, mademoiselle, n'êtes-vous point la Feuille de tabac?» Ce à quoi la Feuille de chou aurait répondu: «Non, madame, je ne suis pas la Feuille de tabac, mais ayant beaucoup fréquenté chez elle, j'ai gardé de son parfum».

V Le réveillon

Chaque année, à la Noël (c'était une vieille coutume de la plantation), el señor S. Cargo, le propriétaire, un mulâtre fort bel homme, réunissait à sa table tout le personnel de l'hacienda.

On soupait joyeusement à la santé du petit Jésus. On mangeait, on buvait, on trinquait, on disait des bêtises. Les personnes intempérantes avaient le droit, en cette nuit, de s'en fourrer jusque-là, et même un peu plus haut.

La belle Maria-Anna présidait, et Mathias ne la perdait pas de vue.

Pauvre Mathias! Son rêve de la journée lui avait mis des fourmis un peu partout et c'étaient deux braises allumées qui lui servaient d'yeux.

Chaque fois que le regard de la jeune fille croisait le regard du nègre, chaque fois ses joues divines porphyre café au lait clair rosissaient davantage.

Au matin, Mathias, fortement encouragé par l'abus des liqueurs fermentées, alla trouver le señor S. Cargo et lui dit:

—Maître, vous savez l'homme que je suis.

—Je le sais, mon brave ami, et je n'ai qu'un mot à te dire, le mot de Mac-Mahon à un jeune homme de ta race: continue.

—Je continuerai, Maître, si vous me donnez Maria-Anna en mariage.

—Y songes-tu? Toi, un nègre!

Et ce mot fut prononcé sur un tel ton que Mathias ne crut pas devoir insister.

VI Les larmes d'un nègre

Sitôt rentré dans sa case, Mathias s'affaissa sur sa couchette et, pour la première fois de sa vie, cet homme d'ébène pleura.

Il pleura longuement, copieusement, des larmes de rage et de désespoir. Puis une lassitude physique s'empara de lui, il désira se coucher.

Un regard jeté sur son miroir lui arracha un cri.

Ses larmes sur ses joues lui avaient laissé comme une large traînée blanche.

Que s'était-il donc passé?

Oh! rien que de bien simple et de bien explicable.

Les larmes de Mathias, rendues fortement caustiques par l'excès *sodo-magnésien* du désespoir, détruisaient le pigment noir de la peau, et du rose apparaissait [5].

Trait de lumière!

VII Mathias continue de pleurer

Mathias cacha soigneusement sa découverte à tous les quiconque de son entourage, mais chaque fois qu'il avait une minute, il courait s'enfermer chez lui, répandait par torrents de larmes de rage et s'en barbouillait, avec une petite brosse, toutes les parties du corps.

Puis, pour écarter les soupçons, il se recouvrait de cirage bien noir, et le monde n'y voyait que du bleu.

VIII Apothéose

Au bout de quelques mois, Mathias était devenu aussi blanc que M. Edmond Blanc lui-même!

Un an s'est écoulé.

C'est encore Noël et le réveillon. Tout le personnel se trouve rangé autour de la table présidée par S. Cargo et sa délicieuse fille Maria-Anna.

On n'attend plus que Mathias.

Tout à coup, un élégant gentleman, col droit irréprochable, escarpins vernis, ruban violet à la boutonnière, entre dans la salle.

Personne dans l'assistance ne le reconnaît, sauf Maria-Anna qui ne s'y trompe pas une minute, *à ce regard-là*!

—Mathias, s'écrie-t-elle. Mathias! Je l'aime!

Et elle s'écroule sous l'émotion.

El señor S. Cargo n'avait plus aucune objection à élever contre le mariage des deux jeunes gens.

L'hymen eut bientôt lieu.

Et ils eurent tant d'enfants, tant d'enfants, qu'on renonça bientôt à les compter!

Suggestion

À ce moment le captain Cap crut devoir prendre un air mystérieux. Et comme, en nos yeux, s'allumait la luisance de l'anxiété:

—Ne m'en blâmez pas, dit le captain, je ne dirai rien de plus. Mon *ORDRE* me le défend!

Le captain Cap appartient à un Ordre bien extraordinaire et d'une commodité à nulle autre seconde.

À toute proposition qui lui répugne le moins du monde, le captain Cap objecte froidement:

—Je regrette beaucoup, mon cher ami, mais mon *ORDRE* me le défend!

Et il ajoute avec un sourire de lui seul acquis:

—Ne m'en blâmez pas.

Cependant et tout de même, Cap grillait de parler.

On affecta de s'occuper d'autre chose et, bientôt, le captain dit:

—Un sujet épatant!

À seule fin de connaître la suite de l'histoire, nul de nous ne sourcilla.

—Imaginez-vous... s'obstina Cap.

Ennuyés semblâmes-nous de cette insistance.

Alors Cap lâcha ses écluses.

Il s'agissait d'une petite bonne femme épatante. On l'endormait comme ça, là, v'lan! Et ça y était! Un sujet épatant, je vous dis!

Une fois endormie, elle n'était plus qu'un outil de cire molle entre les doigts de votre volition.

Si on voulait, on irait ce soir.

On y alla.

Cap prit dans ses rudes mains d'homme de mer les maigres menottes de la petite bergère montmartroise.

Un, deux, trois.... Elle dort.

Alors Cap sortit de sa poche une pomme de terre crue et une goyave.

Ayant pelé l'une et l'autre, et présentant au sujet un morceau de pomme de terre crue, il dit d'une voix forte où trépidait la suggestion:

—Mangez cela, c'est de la goyave!

L'enfant n'eut pas plus tôt mastiqué une parcelle du tubercule qu'elle en manifesta un grand dégoût. Et même elle le cracha, grimaceuse en diable.

Un sourire sur les lèvres, Cap changea d'expérience.

Ce fut la goyave qu'il présenta à la jeune personne, en lui disant d'une voix non moins forte:

—Mangez cela, c'est de la pomme de terre crue.

L'enfant n'eut pas plus tôt mastiqué une parcelle de ce fruit qu'elle en redemanda.

Y passa la totale goyave.

Et sortant de la maison, le captain Cap nous disait, sur le ton d'un vif intérêt scientifique:

—Est-ce curieux, hein, le cas de dépravation de cette petite, qui adore la pomme de terre crue et ne peut sentir la goyave!

Étourderie

Je l'avais connue au restaurant.

Depuis quelque temps elle y venait régulièrement tous les soirs à six heures. Mon désespoir, c'est qu'elle n'apportait à ma personne aucune attention.

J'avais beau m'installer à une table voisine, me donner des airs aimables, lui rendre de ces menus services qu'on se rend entre clients; rien n'y faisait.

Pourtant, un jour qu'elle s'impatientait à frapper sur la table sans obtenir l'arrivée du garçon, je pris ma voix la plus indignée et je tonnai:

—Vous êtes donc sourd, garçon? Voilà deux heures que madame vous appelle!

Elle se tourna vers moi et me remercia d'un sourire.

Alors immédiatement je l'aimai.

De son côté la glace était rompue.

À partir de ce moment, elle ne manqua pas de me dire bonsoir tous les jours en entrant, un joli petit *bonsoir* gracieux et pimpant comme elle.

Et puis nous devînmes bons camarades.

Elle s'appelait Lucienne.

Sans être une *honnête femme*, ce n'était pas non plus une cocotte. Elle appartenait à cette catégorie de petites dames que les bourgeois stigmatisent du nom de *femmes entretenues*.

Son *monsieur*, un gros homme d'une dignité extraordinaire, ne venait que rarement chez elle. Inspecteur dans une Compagnie d'assurances contre les champignons vénéneux, il voyageait souvent en province et laissait à Lucienne de fréquents loisirs.

Le seul inconvénient de cette liaison, c'est que le monsieur digne était terriblement jaloux et qu'il arrivait toujours à l'improviste chez sa dame, au moment où elle l'attendait le moins.

Sans éprouver pour moi une passion foudroyante, Lucienne m'aimait bien.

À cette époque-là, j'étais jeune encore et titulaire d'une joyeuse humeur que les tourmentes de la vie ont balayée comme un fétu de paille.

Lucienne aussi était très gaie.

Moi, j'en étais devenu follement amoureux, et depuis quelques jours je ne lui cachais plus ma flamme.

Elle riait beaucoup de mes déclarations, et me répétait: «Un de ces jours... un de ces jours!» Mais *un de ces jours* n'arrivait pas assez vite à mon gré.

Un soir, je lui offris timidement de l'emmener au théâtre. Mon ami Paul Lordon, alors secrétaire de la Porte Saint-Martin, m'avait donné deux fauteuils pour je ne sais plus quel drame.

Elle accepta.

Après la représentation, dans la voiture qui nous ramenait, elle se laissa enfin toucher par mes supplications, et elle décida ceci: elle monterait d'abord chez elle pour vérifier si l'homme digne n'y était pas préalablement installé, auquel cas je n'aurais qu'à me retirer. Si la place était libre, elle m'en donnerait le signal en mettant à la fenêtre de sa chambre une lampe garnie d'un abat-jour écarlate.

Il pleuvait à verse.

Tout pantelant de désir, j'attendais sur le trottoir en face du lumineux signal.

Des minutes se passèrent, plus des quarts d'heure. Pas la moindre lueur rouge. Le désespoir au cœur, et trempé jusqu'aux moelles, je me décidai à rentrer chez moi.

Ah! dans ce moment si j'avais tenu *monsieur*, je lui aurais fait passer sa dignité!

Le lendemain, je fus accueilli plus que froidement par Lucienne.

—Vous êtes encore un joli garçon, vous! me dit-elle d'un ton sec comme un silex.

Et comme je prenais ma mine la plus effarée, elle continua:

—Je vous ai attendu toute la nuit!...

—Mais la lampe....

—La lampe? Je l'ai mise tout de suite à la fenêtre, aussitôt arrivée!

—Je vous jure que je suis resté au moins une heure sur le trottoir en face et que je n'ai rien vu.

—Vous avez donc de la mélasse sur les yeux?

—Je vous le jure....

—Fichez-moi la paix!

Et elle s'installa, courroucée, devant son tapioca.

Je devais avoir l'air très bête.

Et puis, tout à coup, la voilà qui lâche sa cuiller et se renverse sur sa chaise, en proie à un éclat de rire tumultueux et prolongé, interrompu par des: «Ah! mon Dieu, que c'est drôle!»

Peu à peu, son joyeux spasme diminua d'intensité, mais pas assez pour la laisser s'expliquer.

Elle me regardait avec un bon regard mouillé des larmes du rire et tout réconcilié:

—Ah! mon pauvre ami! Imaginez-vous que je n'avais pas pensé....

Et le rire recommençait.

—À quoi? fis-je. À allumer votre lampe, peut-être?

—Non, c'est pas ça....

Elle fit un effort et put enfin parler:

—Je n'avais pas pensé que la fenêtre de ma chambre donne sur la cour!

Fausse manœuvre

Un beau matin, on vit débarquer à Honfleur, arrivant par le steamer du Havre, un grand vieux matelot, sec comme un coup de trique, et si basané que les petits enfants le prenaient pour un nègre.

L'homme déposa sur le parapet le sac en toile qu'il portait et tourna ses regards de tous côtés, en homme qui se reconnaît.

— Ça n'a pas changé, murmurait-il, v'là la lieutenance, v'là l'hôtel du Cheval-Blanc, v'là l'ancien débit à Déliquaire, v'là la *mairerie*. Tiens, ils ont rebâti Sainte-Catherine!

Mais c'étaient les gens qu'il ne reconnaissait pas.

Dame! quand on a quitté le pays depuis trente ans!...

Un vieillard tout blanc passait, décoré, un gros cigare dans le coin de la bouche.

Notre matelot le reconnut, celui-là.

— Veille à mon sac, dit-il à un gamin, et il s'avança, son béret à la main, honnêtement. Bonjour, cap'taine Forestier, comment que ça va depuis le temps?... Comment! vous ne me remettez pas? Théophile Vincent... *la Belle Ida*.... Valparaiso....

— Comment! c'est toi, mon vieux Théophile? Eh bien! il y a longtemps que je te croyais *décapelé*!

— Pas encore, cap'taine, ni paré à ça.

Pendant cette conversation, de vieux lamaneurs, des haleurs hors d'âge, s'étaient approchés, et à leur tour reconnaissaient Théophile.

Vite, il eut retrouvé d'anciens amis.

Et ce fut des: «Et Untel? — Mort. Et Untel? — Perdu en mer. Et Untel? — Jamais eu de nouvelles.»

Quant à la propre famille de Théophile, la majeure partie était *décapelée*, comme disait élégamment cap'taine Forestier.

Deux nièces seules restaient, l'une mariée à un huissier, l'autre à un cultivateur, tout près de la ville.

Théophile, que trente ans de mers du Sud avaient peu disposé à la timidité, ne se laissa pas influencer par les panonceaux de l'officier ministériel.

Son sac sur le dos, il entra dans l'étude.

Un seul petit clerc s'y trouvait, très occupé à transformer en élégante baleinière une règle banale.

Théophile considéra l'ouvrage en amateur, donna à l'enfant quelques indications sur la construction des chaloupes en général et des baleinières en particulier, et demanda:

—Irma est-elle là?

—Irma, fit le clerc, interloqué.

—Oui, Irma, ma nièce.

—Elle déjeune là.

Sans façon, Théophile pénétra. On se mettait à table.

—Bonjour, Irma; bonjour, monsieur. C'est pas pour dire, ma pauvre Irma, mais t'as bougrement changé depuis trente ans! Quand je t'ai quittée, t'avais l'air d'une rose mousseuse, maintenant on dirait une vieille goyave!

Le mari d'Irma faisait une drôle de tête. Un sale type le mari d'Irma, un de ces petits rouquins mauvais, rageurs, un de ces aimables officiers ministériels dont le derrière semble réclamer impérieusement le plomb des pauvres gens.

Irma non plus n'était pas contente.

Bref, Théophile fut si mal accueilli qu'il rechargea son sac sur ses épaules et revint sur le port.

Il déjeuna dans une taverne à matelots, paya des tournées sans nombre et se livra lui-même à quelques excès de boisson.

Le soir était presque venu lorsqu'il songea à rendre visite à Constance, sa seconde nièce.

Une femme des champs, pensait-il, je vais être accueilli à bras ouverts.

Quand il arriva, tout le monde dévorait la soupe.

—Bon appétit, la compagnie!

Constance se leva, dure et sèche:

—Qué qu'vous voulez, vous, l'homme?

—Comment! tu ne me reconnais pas, ma petite Constance?

—Je n'connais pas d'homme comme vous.

—Ton oncle Théophile!...

—Il est mort.

—Mais non, puisque c'est moi.

—Eh ben! c'est comme si qu'il était mort! Avez-vous compris?

Théophile, en termes colorés et vacarmeux, lui dépeignit le peu d'estime qu'il éprouvait pour elle et sa garce de famille.

Et il s'en alla, un peu triste tout de même, dans la nuit de la campagne.

Il acheva sa soirée dans l'orgie, en société de vieux mathurins, d'anciens camarades de bord.

Et quand la police, à onze heures, ferma le cabaret, tout le monde pleurait des larmes de genièvre sur la déchéance de la navigation à voiles.

On ne parlait de rien de moins que d'aller déboulonner un grand vapeur norvégien en fer qui se balançait dans l'avant-port, attendant la pleine mer pour sortir.

En somme, on ne déboulonna rien et chacun alla se coucher.

La première visite de Théophile, le lendemain matin, fut pour un notaire.

Car Théophile était riche.

Il rapportait de là-bas deux cent mille francs acquis d'une façon un peu mêlée, mais acquis.

Le bruit de cette opulence arriva vite aux oreilles des deux nièces.

—J'espère bien, mon petit oncle... dit Irma.

—N'allez pas croire, mon cher oncle... proclama Constance.

D'une oreille sceptique, Théophile écoutait ces touchantes déclarations.

À la fin, obsédé par les deux parties, il décida cette combinaison:

Il vivrait six mois chez Constance, à la campagne, et six mois chez Irma, à la ville.

Le dimanche, les deux familles se réuniraient dans un dîner où la cordialité ne cesserait de régner.

Or, un dimanche soir, de son air le plus indifférent, Théophile tint ce propos:

—On ne sait ni qui vit ni qui meurt....

Les oreilles se tendirent.

—.... J'ai fait mon testament....

—Oh! mon oncle!... protesta la clameur commune.

—Comme ça m'ennuyait de partager ma fortune en deux, je ne l'ai pas partagée.

Une mortelle angoisse déteignit sur tous les visages.

—Non... je ne l'ai pas partagée... je la laisserai tout entière à celle de mes deux nièces chez laquelle je ne mourrai pas. Ainsi, une comparaison: je claque chez Irma, c'est Constance qui a le magot, et *vice versa*.

Cette combinaison jeta les deux familles dans la plus cruelle perplexité. Devait-on se réjouir ou s'affliger?

Finalement, chacun se réjouit, comptant sur sa bonne étoile et sur les bons soins dont on entourerait l'oncle aux œufs d'or.

Comme c'était l'été, Théophile logeait chez Constance, à la campagne.

Même à Capoue, les coqs en pâte se seraient crus en enfer, comparativement au bien-être excessif dont on entourait Théophile.

Et Théophile se laissait dorloter, s'amusant beaucoup sous cape.

Ce qui le délectait davantage, c'était de voir pousser son ventre.

Lui qui avait toujours blagué les *gros pleins de soupe* se sentait chatouiller de plaisir à l'idée d'avoir un bel abdomen et d'avance se promettait une grosse chaîne en or avec des breloques pour mettre dessus.

Le beau temps cessa vite cette année, et Théophile prit ses quartiers d'hiver chez Irma.

Mais la ville, ce n'est pas comme la campagne. Les tentations! Les femmes!

Théophile était en retard pour les repas. Quelquefois même il ne rentrait pas pour dîner.

Un jour, même, il découcha.

Irma s'inquiéta et, conduite par cette admirable délicatesse dont Dieu semble avoir pourvu exclusivement les femmes, elle attacha à sa maison une bonne, une belle bonne, appétissante et pas bégueule.

L'idée était ingénieuse.

Et pourtant, elle ne réussit pas.

Car, trois mois après, Théophile épousait la belle bonne appétissante et pas bégueule.

La bonne fille

Ils habitaient tous les deux, elle et son père, une sorte de petite masure juchée tout en haut de la falaise. L'aspect de cette demeure n'éveillait aucune idée d'opulence, mais pourtant on devinait que ceux qui habitaient là n'étaient pas les premiers venus.

Nous sûmes bientôt par les gens du pays l'histoire approximative de ces deux personnes.

Le père, un gros vieux débraillé, à longs favoris mal entretenus, ancien médecin de marine, mangeait là sa maigre retraite en compagnie de sa fille, une fille qu'il avait eue quelque part dans les parages des pays chauds, au hasard de ses amours créoles.

Il faisait un peu de clientèle, pas beaucoup, car les paysans se défiaient d'un docteur qui *restait* dans une petite maison couverte de tuiles et tout enclématisée, comme une cabane de douanier.

Pour une fille naturelle, la fille était surnaturellement jolie, belle, et même très gentille.

Aussi, au premier bain qu'elle prit, quand on la vit sortir de l'eau, la splendeur de son torse, moulé dans la flanelle ruisselante; quand, la gorge renversée, elle dénoua la forêt noire de ses cheveux mouillés qui dégringolèrent jusque très bas, ce ne fut qu'un cri parmi les plagiaires [6]:

—Mâtin!... La belle fille!...

Quelques-uns murmurèrent seulement: «*Mâtin!*»

D'autres enfin ne dirent rien, mais ils n'en pincèrent pas moins pour la belle fille.

Et ce spectacle se renouvela chaque jour à l'heure du bain.

Toutes les dames trouvaient que cette jeune fille n'avait pas l'air de grand-chose de propre; mais tous les hommes, sauf moi, en étaient tombés amoureux comme des brutes.

Un matin, mon ami Jack Footer, poète anglais vigoureux et flegmatique, vint me trouver dans ma chambre et me dit, en ce français dont il a seul le secret:

—Cette fille, mon cher garçon, m'excite à un degré que nul verbe humain ne saurait exprimer.... J'ai conçu l'ardent désir de la posséder à brève échéance.... Que m'avisez-vous d'agir?

—Ne vous gênez donc pas!

—C'est bien ce que je pensais. Merci.

Et le lendemain, je rencontrai Footer, radieux.

—Puis-je faire fond sur votre discrétion? dit-il.

—Auprès de moi, feu Sépulcre était un intarissable babillard.

—Eh bien! Carmen, car c'est Carmen qui est son nom chrétien, Carmen s'est abandonnée à mes plus formelles caresses.

—Ah!... Comme ça?

—Oui, mon cher garçon, comme ça! Elle n'a mis qu'une condition. Drôle de fille! Au moment suprême, elle m'a demandé: «Êtes-vous pour encore longtemps sur ce littoral?—Jusque fin octobre, ai-je répondu.—Eh bien! promettez-moi, si vous tombez malade ici, de vous faire soigner par mon père; c'est un très bon médecin». J'ai promis ce qu'elle a voulu. Drôle de fille!

La semaine suivante, je me trouvais à la buvette de la plage quand advint Footer?

—Un verre de pale ale, Footer?

—Merci, pas de pale ale.... Ce tavernier du diable aura changé de fournisseur, car son pale ale de maintenant ressemble à l'urine de phacochère plutôt qu'à une honnête cervoise quelconque.

En disant ces mots, Footer avait rougi imperceptiblement.

Je pensai: «Toi, mon vieux!...», mais je gardai ma réflexion pour moi.

—Et Carmen? fis-je tout bas.

—Carmen est une jolie fille qui aime beaucoup son père.

Quelques amis, des peintres, entrèrent à ce moment et je n'insistai pas, mais fatalement la conversation tomba sur la damnante Carmen.

Footer ne parla avec un enthousiasme débordant et, comme un jeune homme évoquait à cette occasion le souvenir de la *Femme de feu* de Belot, Footer l'interrompit brutalement:

—Taisez-vous, avec votre Belot! La *Femme de feu* de ce littérateur n'est, auprès de Carmen, qu'un pâle *iceberg*.

À ce mot, le jeune homme eut des yeux terriblement luisants.

C'était l'heure du déjeuner. Nous sortîmes tous, laissant Footer et le jeune homme.

Que se dirent-ils? Je ne veux pas le savoir; mais, le lendemain, je rencontrai le jeune homme radieux.

—Ah! ah! mon gaillard, je sais d'où vous vient cet air guilleret.

Avec une louable discrétion, il se défendit d'abord, mais avoua bientôt.

—Quelle drôle de fille! ajouta-t-il. Elle n'a mis qu'une condition, c'est que si je tombe malade ici, je m'adresserai à son père pour me soigner. Drôle de fille!

Il faut croire que cette petite scène s'est renouvelée à de fréquents intervalles, car le docteur, que j'ai rencontré ce matin, est vêtu d'une redingote insolemment neuve et d'un chapeau luisant jusqu'à l'aveuglement.

—Eh bien, docteur, les affaires?

—Je n'ai pas à me plaindre, je n'ai pas à me plaindre. J'ai eu depuis quelque temps une véritable avalanche de clients, des jeunes, des mûrs, des vieux.... Ah! si je n'étais tenu par la discrétion professionnelle, j'en aurais de belles à vous conter!

La vie drôle

Je viens d'accomplir une plaisanterie complètement idiote, mais dont le souvenir me causera longtemps encore de vives allégresses.

Ce matin, un peu avant midi, je me trouvais à la terrasse de chez Maxim's.

Quelques gentlemen préalablement installés y tenaient des propos dont voici l'approximative teneur:

— Ce vieux Georges!

— Ce cher Alfred!

— Ce sacré Gaston!

— Je t'assure, mon vieux Georges, que je suis bien content de te rencontrer.

— Depuis le temps!...

— Et moi aussi!

Abrégeons ces exclamations.

— Tu déjeunes avec nous, hein?

— Volontiers! Où ça?

— Ici.

— Entendu!

— Et tu dînes avec nous aussi?

— Oh! ça, pas mèche!

— Pourquoi donc?

— Tous les samedis que Dieu fait, c'est-à-dire 5218 fois dans le cours d'un siècle, je dîne avec Alice.

— Quelle Alice?

— Ma nouvelle bonne amie.

— Gentille?

— Très!... Mais un caractère!...

— Amène-la.

— Impossible! le samedi, elle a sa famille.

— Alors, avise-la d'un empêchement subit.

Le nommé Georges, à qui ses camarades tenaient ces propos tentateurs, sembla hésiter un instant.

Puis brusquement:

— Et allez donc, c'est pas ma mère!

Un petit bleu apporté par le garçon fut aussitôt griffonné: *Excusemoi pour ce soir... forcé partir en province.... Affaire urgente... mon avenir en dépend.... Temps semble si long loin de toi!... etc., etc., etc.*

Puis l'adresse: *Alice de Grincheuse, 7, rue du Roi de Prusse.*

Par le plus grand des hasards (je ne suis pas de nature indiscrète), mes regards tombèrent sur l'adresse de la dame: *Alice de Grincheuse, 7, rue du Roi de Prusse.*

À cette minute précise, je me transformai en artisan diabolique, comme dit Zola (non sans raison), de l'imbécile facétie suivante:

Je me rends à la Taverne Royale, je demande de quoi écrire et le chasseur:

— Chasseur, portez ce mot immédiatement à cette adresse; il n'y a pas de réponse.

Après quoi, je reviens sans tarder chez Maxim's, où je m'installe à la table voisine des précités gentlemen.

Pendant que ces derniers dégustent leurs huîtres, lisez mon fallacieux petit billet à la jeune Alice:

Ma chère Alice,

Si tu n'as rien de mieux à faire, amène-toi donc tout de suite déjeuner avec moi et quelques camarades chez Maxim's.

Ne t'étonne pas (sans calembour) de ne pas reconnaître mon écriture; je viens de me fouler bêtement le pouce et c'est mon ami Gaston qui tient la plume pour moi. Viens comme tu es.

Ton fou de

GEORGES.

Oh! ce ne fut pas long!

La sole frite n'était pas plus tôt sur la table qu'une jeune femme, fort gentille ma foi, envahissait le célèbre restaurant.

—Tu t'es fait mal, mon pauvre Georges?

Inoubliable, la tête de Georges!

—Alice! Qu'est-ce que tu fais ici?

Inoubliable, la tête d'Alice!

—Comment, ce que je fais ici? Tu es fou, sans doute!

Inoubliables, les deux têtes réunies d'Alice et de Georges!

D'autant plus inoubliables que—j'omis ce détail—Georges et ses amis avaient cru bon de corser leur société au moyen de deux belles filles appartenant—je le gagerais—au demi-monde de notre capitale.

Un qui ne s'embêtait pas, c'était moi, avec mon air de rien.

Plus les pauvres gens s'interrogeaient, plus s'inextriquait la situation.

Est-ce bête! Je n'ai jamais déjeuné de si bon appétit!

Le mariage manqué

Boulevard Saint-Michel, Sapeck passait un dimanche soir, lorsqu'il fut accosté par un jeune potache qui lui demanda, le képi à la main:

— Pardon, monsieur, vous plairait-il de me rendre un petit service?

— Tel est le plus cher de mes vœux. De quoi s'agit-il?

— Tout simplement de me rentrer au lycée Saint-Louis. Devant le censeur, vous me ferez vos adieux comme si vous étiez mon oncle.

Les voilà partis, Sapeck et le potache; Sapeck grave, le potache enchanté.

Dans le parloir, devant le censeur qui préside à la rentrée des élèves, Sapeck redouble de gravité:

— Bonsoir, mon neveu.

— Bonsoir, mon oncle.

— Travaille bien, mon neveu, et ne sois pas collé dimanche. Que ta devise soit celle de Tacite: *Laboremus et bene nos conduisemus*, car, comme l'a très bien fait observer Lucrèce dans un vers immortel: *Sine labore et bona conducta ad nihil advenimus*. Et surtout sois poli et convenable avec tes maîtres: *Maxima pionibus debetur reverentia*.

Le pauvre potache, pendant ce discours, semblait un peu gêné de la latinité cuisinière de son oncle improvisé. Il risqua un: *Bonsoir, mon oncle!* timide.

Mais Sapeck ne l'entendait pas ainsi. Il venait d'apercevoir, luisant sur le gilet du lycéen, une superbe chaîne d'or.

— Comment! s'écria-t-il, petit malheureux, tu emportes ta montre au collège? Ne sais-tu donc pas qu'à Rome, à la porte de chaque école, se trouvait un fonctionnaire chargé de fouiller les petits élèves et de leur enlever les sabliers et les clepsydres qu'ils dissimulaient sous leur toge? On appelait cet homme le *scholarius detrussator*, et Salluste avait dit à cette époque: *Chronometrum juvenibus discipulis procurat distractiones*.

—Mais, mon oncle....

—Remets-moi ta montre.

Le censeur intervint:

—Remettez donc votre montre à monsieur votre oncle. D'ailleurs, vous n'en avez nul besoin au lycée.

Le potache commençait à éprouver de sérieuses inquiétudes pour son horlogerie, quand le bon Sapeck, dont le cœur est d'or, conclut avec une infinie mansuétude:

—Allons, mon enfant, garde ta montre, et qu'elle soit pour moi le symbole du temps qui passe et ne saurait se rattraper: *Fugit irreparabile tempus.*

Cette histoire de mon ami Sapeck m'est revenue au souvenir, ces jours-ci, à l'épilogue d'une aventure qui m'arriva l'année dernière, et dont le début présente quelque analogie avec la première.

Moi aussi, je fus accosté par un potache. C'était un dimanche après-midi, à la fête de Neuilly.

Comme à Sapeck, mon potache me demanda, le képi à la main:

—Pardon, monsieur, vous plairait-il de me rendre un petit service?

—Si cela ne me dérange en rien [7], répondis-je poliment, je ne demande pas mieux. De quoi s'agit-il?

—Voici, monsieur.... Permettez-moi d'abord de vous présenter ma bonne amie, dont je suis éperdument amoureux.

Et il me présenta une manière de petite brune drôlichonne qui louchait un peu.

Êtes-vous comme moi? J'adore les petites brunes drôlichonnes qui louchent un peu.

Je m'inclinai.

—Je suis très désireux, reprit le potache, d'avoir le portrait de mademoiselle sur ma cheminée. Mais ma mère ne consentira jamais à laisser traîner un portrait de demoiselle sur ma cheminée. Aussi ai-je imaginé un subterfuge. Elle se fera photographier en votre compagnie, et je dirai à ma mère que c'est le portrait d'un de mes professeurs et de sa femme. Ça vous va-t-il?

Au fond, je suis bon; cela m'alla.

Nous entrâmes chez un photographe forain, qui nous livra en quelques minutes un pur chef-d'œuvre de ressemblance sur tôle, encadré richement, le tout pour 1 franc 75.

Tout dernièrement, j'ai été sur le point de me marier.

Un jour, mon ex-futur beau-père me demanda, non sans raideur:

— Au moins, avez-vous rompu définitivement?

— Rompu? fis-je. Rompu avec qui?

— Avec certaine petite brunette qui louchait un peu.

Je fouillai au plus profond de mes souvenirs. Aucun fantôme de brunette qui louche un peu.

Je niai carrément.

— Et ça? brandit mon beau-père.

Comment s'était-il procuré le malheureux portrait, je ne le sus jamais, mais il l'avait en sa possession.

— Qu'on ait des maîtresses, disait-il, je le comprends, et même je l'admets.... Mais qu'on s'affiche avec!...

Et il ne concluait même pas.

Il me refusa sa fille.

Ça m'est égal, j'ai appris depuis qu'elle avait des habitudes invétérées d'ivrognerie.

Le nommé Fabrice

—Hé! là-bas, le vieux rigolo! qu'est-ce que vous demandez?

Le vieux rigolo ainsi interpellé ne répondit pas, mais comme en proie à une indicible stupeur, il regardait les bâtiments neufs à peine terminés, une petite maisonnette en brique, les hangars, les écuries, une immense bascule destinée à peser les voitures de betteraves.

—Tout de même, fit-il, faut être bougrement effronté!

—De quoi donc, mon brave?

—Faut avei un rude toupet!

Fatigué sans doute de cette conversation, le contremaître demanda brusquement au paysan:

—Enfin, qui êtes-vous? Que voulez-vous?

—Qui que je sis? Vous me demandez qui que je sis? Je sis le nommé Fabrice, et je sis cheu mei, et vous n'êtes pas cheu vous!

—Comment, vous êtes chez vous?

—Je sis cheu mei, et vous allez me faire le plaisir de f... le camp, avec vos gens et toutes vos saloperies de bâtisses, et pis je vous demanderai trois mille francs de dommages et intérêts!

Sur ces entrefaites, l'architecte arrivait au chantier. La dernière phrase du vieux campagnard le fit légèrement pâlir.

Si c'était vrai, pourtant, qu'on eût bâti sur son champ!

Le plus comique, c'est que la chose était parfaitement exacte.

Le pauvre architecte s'était trompé de terrain et il avait construit sur le champ du nommé Fabrice pour cinquante mille francs de bâtiments au compte d'une grande sucrerie voisine.

On allait en faire, une tête, à l'administration, quand on apprendrait ça!

L'architecte esquissa le geste habituel des architectes qui n'en mènent pas large: il se gratta la tête et le nez alternativement.

L'indignation du campagnard allait croissant:

—Je sis le nommé Fabrice, et personne n'a le droit de construire sur mon bien, personne!

—Effectivement, balbutiait l'architecte, il y a erreur, mais elle est facilement réparable.... Nous allons vous donner l'autre champ, le nôtre. Il est d'égale surface, et....

—J' n'en veux point de votre champ. C'est le mien qu'il me faut. Vous n'avez pas le droit de bâtir sur mon bien, ni vous ni personne. J'vous donne huit jours pour démolir tout ça et remettre mon champ en état, et pis je demande trois mille francs de dommages et intérêts!

La discussion continua sur ce ton.

Le pauvre architecte, qui en menait de moins en moins large, s'efforçait de convaincre le nommé Fabrice. Le vieux paysan ne voulait *rien savoir*. Il lui fallait son champ débarrassé des *saloperies de bâtisses*, et, en plus, trois mille francs d'indemnité.

Le propriétaire de la sucrerie, informé de cet étrange malentendu, arriva vite et voulut transiger. Le nommé Fabrice était buté.

On marchanda: cinq mille francs d'indemnité!

—Non, ma terre!

—Dix mille!

—Non, ma terre!

—Vingt mille!

—Non, ma terre!

—Ah zut! nous plaiderons, alors!

Malgré la bonne volonté des juges, on ne put découvrir dans le Code le plus mince article de loi autorisant un sucrier à bâtir sur le champ d'autrui, même en l'indemnisant après.

Le sucrier fut condamné à remettre le bien du nommé Fabrice dans l'état où il l'avait pris.

Les considérants du jugement blâmaient la légèreté de l'architecte, et surtout la mauvaise foi évidente et la rapacité du nommé Fabrice.

Le nommé Fabrice riait sous cape. Il alla trouver le sucrier.

—Écoutez, fit-il, je ne sis pas un méchant homme. Donnez-moi votre champ et quarante mille francs... et j'vous fous la paix.

Plus tard, le caissier raconta que le nommé Fabrice, en signant son reçu de quarante mille francs, avait murmuré:

—C'est égal, faut avei un rude toupet tout de même!

On ne sut jamais si c'était de lui qu'il voulait parler ou d'un autre.

L'inespéré bonne fortune

Il m'est arrivé, voici peu de jours, une fort piquante aventure dont je vais avoir l'avantage de mettre mon élégante clientèle au courant.

Il n'était pas loin de six heures, je sortais du Palais où la plaidoirie de mon avocat m'avait si cruellement altéré que je constatai l'urgence d'entrer à la brasserie Dreher et d'y boire un de ces bocks dont elle a seule le secret.

J'étais installé depuis deux minutes quand je me sentis curieusement observé par un grand jeune homme pâle et triste, en face de moi.

Bientôt ce personnage se leva, se dirigea vers moi, et fort poliment:

—Vous plairait-il de m'accorder quelques instants de bienveillante attention?

—Volontiers, acquiesçai-je.

—Vous me faites l'effet, monsieur, d'un pour qui rien de ce qui est humain ne demeure étranger.

—Je suis cet un.

—Je l'avais deviné.... Alors, vous allez compatir. Voici la chose dépouillée de tout vain artifice: je suis éperdument amoureux d'une jeune fille qui passe tous les soirs vers six heures et demie place du Châtelet. Une incoercible timidité m'en prohibe l'abord, et cependant je me suis juré de lui *causer* ce soir, comme dit M. Francisque Sarcey dans son ignorance de la langue française.

—Si vous dites un mot de travers, comme dit Chincholle, sur M. Sarcey, je me retire!

—Restez.... Alors, j'ai imaginé, pour la conquête de la jeune personne en question, un truc vaudevillard et vieux comme le monde, mais qui pourrait d'autant mieux réussir.

—Parlez!

—Quand la jeune fille poindra à l'horizon du boulevard de Sébastopol, je vous la désignerai discrètement; vous lui emboîterez le pas, vous lui conterez les mille coutumières et stupides fadaises... À un moment, vous serez insolent.... La jeune vierge se rebiffera.... C'est alors que j'interviendrai.»Monsieur, m'indignerai-je, je vous prie de laisser mademoiselle tranquille, etc.!» Le reste ira tout seul.

—Bien imaginé.

—Vous vous retirerez plein d'une confusion apparente. Demain, je vous raconterai le reste, si vous voulez bien me permettre de vous offrir à déjeuner, ici même, sur le coup de midi.

—Entendu.

—Chut!... la voilà!

Elle était en effet très bien, la jeune personne, véritablement très bien.

Une sorte de Cléo de Mérode, avec à la fois plus de candeur et de distinction.

Fidèle au programme, je l'accompagnai: *Mademoiselle, écoutez-moi donc!* et tout ce qui s'ensuit.

Elle ne répondit rien.

Je devins pressant.

Égal mutisme.

Impatienté, je frisai la goujaterie.

Je n'y gagnai qu'à la faire croître en beauté, en candeur, en distinction.

C'est alors que le jeune homme pâle et triste crut devoir intervenir:

—Monsieur, je vous prie de laisser cette jeune fille en paix!

La demoiselle détourna la tête, s'empourpra de colère, et d'une voix enrouée et faubourienne:

—Eh ben quoi! cria-t-elle. Il est malade, çui-là! Qui qui lui prend?

S'adressant à moi:

—Monsieur, f...ez-lui donc sur la gueule pour y apprendre à se mêler de ce qui le regarde! En voilà un veau!

J'hésitais à frapper.

—F...ez-lui donc sur la gueule, que je vous dis, à c'daim-là!... Vous n'êtes donc pas un homme?

Ma foi, un peu piqué dans mon amour-propre, j'obéis.

Je décochai au jeune homme pâle et triste un formidable coup de poing, qu'il para fort habilement d'ailleurs avec son œil gauche.

Une heure après cet incident, la délicieuse enfant, véritable vierge de Vermicelli [8], m'amenait en sa chambrette du boulevard Arago et me prodiguait ses plus intimes caresses.

Le lendemain à midi, exact au rendez-vous du jeune homme pâle et triste, je me trouvai chez Dreher.

Lui n'y vint pas.

Mesquine rancune? Simple oubli?

La valse

Le col de pardessus relevé, mes mains dans les poches, j'allais par les rues brumeuses et froides en cet état d'abrutissement vague qui tend à devenir un état normal chez moi, depuis quelque temps.

Tout à coup je fus tiré de ma torpeur par une petite main finement gantée qui s'avançait vers moi, et une voix fraîche qui disait:

—Comment, te voilà, grande gouape!

Je levai les yeux.

La personne qui m'interpellait aussi familièrement était une grosse, jeune, blonde, petite femme, jolie comme tout, mais que je ne connaissais aucunement.

—Je crains bien, madame, répondis-je poliment, de n'être point la grande gouape que vous croyez.

—Ah! par exemple, c'est trop fort!

Et elle me nomma.

—Comment, continua-t-elle, tu ne me reconnais pas? Je suis donc bien changée! Voyons, regarde-moi bien.

—Aussi longtemps que vous voudrez, madame, car cette opération n'a rien de déplaisant pour moi.

—Tu n'as pas changé, toi.... Tu ne te rappelles pas le Luxembourg?

—Lequel, madame? Le jardin ou le grand-duché?

—Imbécile!

J'avais beau la considérer avec la plus vive attention, impossible de trouver un nom ou même de rattacher le moindre souvenir.

À la fin, elle eut pitié de mon embarras.

—Nanette! dit-elle, en éclatant de rire.

—Comment, c'est toi, ma pauvre Nanette! Oh! combien engraissée!

—Oui, je suis devenue un peu forte!

Je l'avais connue, voilà sept ou huit ans. C'était, à cette époque, une gamine ébouriffée et toute menue. J'aurais pu, semblait-il, la fourrer dans la poche de mon ulster.

Apprentie dans je ne sais quel atelier de Montrouge, elle fréquentait plus assidûment le Luxembourg que sa *boîte*, et je ne me lassais pas d'admirer la longanimité de ses patrons qui acceptaient bénévolement d'aussi longues et fréquentes disparitions.

Et gaie avec cela, et maligne!

Un beau jour, elle avait disparu sans crier gare, et je ne l'avais jamais revue.

J'étais émerveillé de la retrouver ainsi changée, et surtout considérablement augmentée.

Je ne m'en cache pas, j'adore les jeunes femmes un peu fortes, mais je les préfère énormes et voici la raison:

J'ai un faible pour la peau humaine lorsqu'elle est tendue sur le corps d'une jolie femme; or, j'ai remarqué que les grosses personnes offrent infiniment plus de peau que les maigres. Voilà.

Mon amie était dans ce cas, et tandis qu'elle me racontait son histoire et sa métamorphose, je l'enveloppais d'un regard gourmand et convoiteur.

Elle en avait à me raconter, depuis le temps!

D'abord, elle était tombée amoureuse d'un jeune premier au Théâtre national des Gobelins. Premier collage, où le confortable était abondamment remplacé par des volées quotidiennes.

Un jour, la volée fut bi-quotidienne. Alors Nanette, outrée de ce procédé inqualifiable, lâcha le cabotin et devint la maîtresse d'un jeune sculpteur de Montparnasse.

Pas de coups avec cet artiste, mais une *purée!* Et tout le temps poser, tout le temps.

Heureusement qu'il vint une commande, un buste. Un jeune homme riche tenait à posséder ses traits en marbre.

Quand les traits furent terminés, le jeune homme riche emporta son buste... et Nanette.

Entre nous, je crois que le buste n'était qu'une frime imaginée par le jeune homme riche pour se rapprocher de l'objet de son amour.

Quoi qu'il en soit, Nanette prit un ascendant considérable sur son nouvel amant et, comme elle le disait un peu modernement, elle le menait par le bi, par le bout, par le bi du bout du nez.

Tout de suite, avec lui, elle s'était mise à engraisser, enchantée d'ailleurs.»Ça me donne un air sérieux», affirmait-elle.

—Et ton amant, demandai-je, joli garçon?

—Superbe!

—Intelligent?

—Un vrai daim, mon cher! Imagine-toi....

Et elle me conta force anecdotes tendant toutes à démontrer la parfaite stupidité du personnage.

—Et que fait-il?

—Rien, je te dis, il est riche. Pourtant, il a une prétention: composer de la musique. As-tu un livret d'opéra à mettre en musique?

—Non, pas pour le moment.

—Ah! une idée!

Elle frappa dans ses mains, en femme à qui il vient d'arriver une bonne idée.

—Tu as du talent? fit-elle.

—Dans quel genre?

—Écris les paroles d'une opérette, apporte-les-lui. Ça ne sera jamais joué, mais tu auras un prétexte pour venir à la maison. Tu verras comme il est bête!

Je n'eus garde, vous pensez bien, de manquer une si belle occasion. Je bâclai, le lendemain même, une ânerie qui ressemblait à une opérette comme l'*Oeil crevé* ressemble au *Syllabus,* et j'apportai la chose à *mon* compositeur.

Nanette n'avait pas menti. Il était encore plus bête que ça.

Il fut enchanté que j'eusse pensé à lui.

—Mais qui diable a pu vous parler de moi?

—C'est M. Saint-Saëns qui m'a donné votre adresse!

—Saint-Saëns! mais je ne le connais pas!

—Eh bien, lui vous connaît!

Nanette, qui se trouvait en peignoir, les cheveux sur le dos, plus jolie que jamais, se tenait les côtes. (Je me serais volontiers chargé de cette opération).

—Joue donc ta valse à monsieur, dit-elle.

Il se mit au piano et préluda.

Silencieusement, Nanette m'indiqua la pendule. Je regardai l'heure: 10 h 15.

Il jouait sa valse avec une conviction véritablement touchante. C'était une suite d'airs idiots, mille fois entendus. Mais quel feu dans l'exécution!

Le monde extérieur n'existait plus pour lui. Il se penchait, se relevait, se tortillait. La sueur ruisselait sur son front génial.

Nanette me regardait de son air le plus cocasse: «Crois-tu, hein!»

En effet, il fallait le voir pour le croire.

Je la contemplais goulûment. Crédieu, qu'elle était jolie en peignoir!

La valse marchait toujours. Nous étions assis à côté l'un de l'autre, sur un divan.

—À quoi penses-tu? fit-elle brusquement.

—Je suis en train de calculer la surface approximative de ton joli corps, et, divisant mentalement cette superficie par celle d'un baiser, je calcule combien de fois je pourrais t'embrasser sans t'embrasser à la même place!

—Et ça fait combien?

—C'est effrayant!... Tu ne le croirais pas.

La valse était finie. Il était 10 h 35. L'artiste s'épongeait.

—Superbe, superbe, superbe!

—Seulement, ajouta Nanette, monsieur ne la trouve pas assez longue. Monsieur me faisait remarquer avec raison qu'après le grand machin brillant, tu sais, ploum, ploum, ploum, pataploum, tu devrais reprendre la mélodie, tu sais, tra la la la, tra la la la la!

—C'est votre avis, monsieur?

—Je crois que ça ferait mieux!

Je pris congé. Il était temps. J'allais mourir de rire.

Mais je revins le lendemain.

Mon compositeur était sorti. Ce fut Nanette qui me reçut, en peignoir, les cheveux sur le dos, comme la veille.

Le divan était là-bas, large, tentant.

Je devins pressant.

Nanette se défendait mollement:

—Non, pas maintenant.... Quand il sera là!

—!!!!!...

—Oui, ce sera bien plus drôle.... Pendant sa valse!

Nature morte

Vous avez peut-être remarqué, au Salon de cette année, un petit tableau, à peu près grand comme une feuille, lequel représente tout simplement une boîte à sardines sur un coin de table.

Non pas une boîte pleine de sardines, mais une boîte vide, dans laquelle stagne un restant d'huile, une pauvre boîte prochainement vouée à la *poubelle*.

Malgré le peu d'intérêt du sujet, on ne peut pas, dès qu'on a aperçu ce tableautin, s'en détacher indifférent.

L'exécution en est tellement parfaite qu'on se sent cloué à cette contemplation avec le rire d'un enfant devant quelque merveilleux joujou. Le zinc avec sa luisance grasse, le fond huileux de la boîte reflétant onctueusement le couvercle déchiqueté, c'est tellement ça!

Les curieux qui consultent le livret apprennent que l'auteur de cette étrange merveille est M. Van der Houlen, né à Haarlem, et qui eut une mention honorable en 1831.

Une mention honorable en 1831! M. Van der Houlen n'est pas tout à fait un jeune homme.

Très intrigué, j'ai voulu connaître ce curieux peintre et, pas plus tard qu'hier, je me suis rendu chez lui.

C'est là-bas, au diable, derrière la butte Montmartre, dans un grand hangar où remisent de très vieilles voitures et dont l'artiste occupe le grenier.

Un vaste grenier inondé de lumière, tout rempli de toiles terminées; dans un coin, une manière de petite chambre à coucher. Le tout d'une irréprochable propreté.

Tous les tableaux sans exception représentent des natures mortes, mais d'un rendu si parfait, qu'en comparaison, les Vollon, les Bail et les Desgoffe ne sont que de tout petits garçons.

Le père Houlen, comme l'appellent ses voisins, était en train de faire son ménage, minutieusement.

C'est un petit vieux, en grande redingote autrefois noire, mais actuellement plutôt verte. Une grande casquette hollandaise est enfoncée sur ses cheveux d'argent.

Dès les premiers mots, je suis plongé dans une profonde stupeur. Impossible d'imaginer plus de naïveté, de candeur et même d'ignorance. Il ne sait rien de ce qui touche l'art et les artistes.

Comme je lui demande quelques renseignements sur sa manière de procéder, il ouvre de grands yeux et, dans l'impossibilité de formuler quoi que ce soit, il me dit:

— Regardez-moi faire.

Ayant bien essuyé ses grosses lunettes, il s'assied devant une toile commencée, et se met à peindre.

Peindre! je me demande si on peut appeler ça peindre.

Il s'agit de représenter un collier de perles enroulé autour d'un hareng saur. Sans m'étonner du sujet, je contemple attentivement le bonhomme.

Armé de petits pinceaux très fins, avec une incroyable sûreté d'œil et de patte et une rapidité de travail vertigineuse, il procède par petites taches microscopiques qu'il juxtapose sans jamais revenir sur une touche précédente.

Jamais, jamais il n'interrompt son ouvrage de patience pour se reculer et juger de l'effet. Sans s'arrêter, il travaille comme un forçat méticuleux.

Le seul mot qu'il finisse par trouver à propos de son art, c'est celui-ci:— La grande affaire, voyez-vous, c'est d'avoir des pinceaux bien propres.

Le soir montait. Méthodiquement, il rangea ses ustensiles, nettoya sa palette et jeta un regard circulaire chez lui pour s'assurer que tout était bien en ordre.

Nous sortîmes.

Quelques petits verres de curaçao (il adore le curaçao) lui délièrent la langue.

Comme je m'étonnais qu'avec sa grande facilité de travail il n'eût envoyé au Salon que le petit tableau dont j'ai parlé, il me répondit avec une grande tristesse:

—J'ai perdu toute mon année, cette année.

Et alors il me raconta la plus étrange histoire que j'entendis jamais.

De temps en temps, je le regardais attentivement, voulant m'assurer qu'il ne se moquait pas de moi, mais sa vieille honnête figure de vieillard navré répondait de sa bonne foi.

Il y a un an, un vieil amateur hollandais, fixé à Paris, lui commanda, en qualité de compatriote, un tableau représentant un dessus de cheminée avec une admirable pendule en ivoire sculpté, une merveille unique au monde.

Au bout d'un mois, c'était fini. L'amateur était enchanté, quand tout à coup sa figure se rembrunit:

—C'est très bien, mais il y a quelque chose qui n'est pas à sa place.

—Quoi donc?

—Les aiguilles de la pendule.

Van der Houlen rougit. Lui si exact s'était trompé.

En effet, dans l'original, la petite aiguille était sur quatre heures et la grande sur midi, tandis que dans le tableau, la petite était entre trois et quatre heures, et la grande sur six heures.

—Ce n'est rien, balbutia le vieil artiste, je vais corriger ça.

Et, pour la première fois, il revint sur une chose faite.

À partir de ce moment, commença une existence de torture et d'exaspération. Lui, jusqu'à présent si sûr de lui-même, ne pouvait pas arriver à mettre en place ces sacrées aiguilles.

Il les regardait bien avant de commencer, voyait bien leur situation exacte et se mettait à peindre. Il n'y avait pas cinq minutes qu'il était en train que, crac! il s'apercevait qu'il s'était encore trompé.

Et il ajoutait:

— À quoi dois-je attribuer cette erreur? Si je croyais aux sorts, je dirais qu'on m'en a jeté un. Ah! ces aiguilles, surtout la grande!

Et depuis un an, ce pauvre vieux travaille à sa pendule, car l'amateur ne veut prendre livraison de l'œuvre et la payer, que lorsque les aiguilles seront exactement comme dans l'original.

Le désespoir du bonhomme était si profond que je compris l'inutilité absolue de toute explication.

Comme un homme qui compatit à son malheur, je lui serrai la main et le quittai dans le petit cabaret où nous étions.

Au bout d'une vingtaine de pas, je m'aperçus que j'avais oublié mon parapluie. Je revins.

Mon vieux, attablé devant un nouveau curaçao, était en proie à un accès d'hilarité si vive qu'il ne me vit pas entrer.

Littéralement, il se tordait de rire.

Tout penaud, je m'éloignai en murmurant:

— Vieux fumiste, va!

Une mort bizarre

La plus forte marée du siècle (c'est la quinzième que je vois et j'espère bien que cette jolie série ne se clora pas de sitôt) s'est accomplie mardi dernier, 6 novembre.

Joli spectacle, que je n'aurais pas donné pour un boulet de canon, ni même deux boulets de canon, ni trois.

Favorisée par une forte brise S.-O., la mer clapotante affleurait les quais du Havre et s'engouffrait dans les égouts de ladite ville, se mélangeant avec les eaux ménagères, qu'elle rejetait dans les caves des habitants.

Les médecins se frottaient les mains: «Bon cela! se disent-ils; à nous les petites typhoïdes!»

Car, le croirait-on? Le Havre-de-Grâce est bâti de telle façon que ses égouts sont au-dessus du niveau de la mer. Aussi, à la moindre petite marée, malgré l'énergique résistance de M. Rispal, les ordures des Havrais s'épanouissent, cyniques, dans les plus luxueuses artères de la cité.

Ne vous semble-t-il pas, par parenthèse, que ce saligaud [9] de François Ier au lieu de traîner une existence oisive dans les brasseries à femmes du carrefour Buci, n'aurait pas mieux fait de surveiller un peu les ponts et chaussées de son royaume?

N'importe! C'était un beau spectacle.

Je passai la plus importante partie de ma journée sur la jetée, à voir entrer des bateaux et à en voir sortir d'autres.

Comme la brise fraîchissait, je relevai le collet de mon pardessus. Je m'apprêtais à en faire autant pour le bas de mon pantalon (je suis extrêmement soigneux de mes effets), quand apparut mon ami Axelsen.

Mon ami Axelsen est un jeune peintre norvégien plein de talent et de sentimentalité.

Il a du talent à jeun et de la sentimentalité le reste du temps.

À ce moment, la sentimentalité dominait.

Était-ce la brise un peu vive? Était-ce le trop-plein de son cœur?... Ses yeux se remplissaient de larmes.

«Eh bien? fis-je, cordial, ça ne va donc pas, Axelsen?

— Si, ça va. Spectacle superbe, mais douloureux souvenir. Toutes les Plus fortes marées du siècle brisent mon cœur.

— Contez-moi ça.

— Volontiers, mais pas là.»

Et il m'entraîna dans la petite arrière-boutique d'un bureau de tabac où une jeune femme anglaise, plutôt jolie, nous servit un swenska-punch de derrière les fagots.

Axelsen étancha ses larmes, et voici la navrante histoire qu'il me narra:

«Il y a cinq ans de cela. J'habitais Bergen (Norvège) et je débutais dans les arts. Un jour, un soir plutôt, à un bal chez M. Isdahl, le grand marchand de rogues, je tombais amoureux d'une jeune fille charmante, à laquelle, du premier coup, je ne fus pas complètement indifférent Je me fis présenter à son père et devins familier de la maison. C'était bientôt sa fête. J'eus l'idée de lui faire un cadeau, mais quel cadeau?... Tu ne connais pas la baie de Vaagen?

— Pas encore.

— Eh bien, c'est une fort jolie baie dont mon amie raffolait surtout en un petit coin. Je me dis: «Je vais lui faire une jolie aquarelle de ce petit coin, elle sera bien contente.» Et un beau matin me voilà parti avec mon attirail d'aquarelliste. Je n'avais oublié qu'une chose, mon pauvre ami: de l'eau. Or, tu sais que si le mouillage est interdit aux marchands de vins, il est presque indispensable aux aquarellistes. Pas d'eau! Ma foi, me dis-je, je vais faire mon aquarelle à l'eau de mer, je verrai ce que ça donnera.

«Cela donna une fort jolie aquarelle que j'offris à mon amie et qu'elle accrocha tout de suite dans sa chambre. Seulement... tu ne sais pas ce qui arriva?

— Je le saurai quand tu me l'auras dit.

— Eh bien, il arriva que la mer de mon aquarelle, peinte avec de l'eau de mer, fut sensible aux attractions lunaires, et sujette aux marées. Rien n'était plus bizarre, mon pauvre ami, que de voir, dans mon tableau, cette petite mer monter, monter, monter, puis baisser, baisser, baisser, les laissant à nu, graduellement.

— Ah!

— Oui.... Une nuit, c'était comme aujourd'hui la plus forte marée du siècle, il y eut sur la côte une tempête épouvantable. Orage, tonnerre, ouragan!

«Dès le matin, je montai à la villa où demeurait mon amante. Je trouvai tout le monde dans le désespoir le plus fou.

«Mon aquarelle avait débordé: la jeune fille était noyée dans son lit.

— Pauvre ami!»

Axelsen pleurait comme un veau marin.

«Et tu sais, ajouta-t-il, c'est absolument vrai ce que je viens de te raconter là. Demande plutôt à Johanson.»

Le soir même, je vis Johanson, qui me dit que c'était de la blague.

La nuit blanche d'un hussard rouge (*monologue pour cadet*)

Je me suis toujours demandé pourquoi on nomme nuits blanches celles qu'on passe hors de son lit. Moi, je viens d'en passer une, et je l'ai trouvée plutôt... verte.

Ce qui n'a pas empêché mon concierge, quand je suis rentré le matin, de me saluer d'un petit air... en homme qui dit:

«Ah! ah! mon gaillard, nous nous la coulons douce!»

Et pourtant.... Mais n'anticipons pas.

Il faut vous dire que j'étais amoureux depuis quelque temps.

Oh! amoureux, vous savez!... pas à périr. Mais enfin, légèrement pincé, quoi!

C'était une petite blonde très gentille, avec des petits frisons plein le front. Tout le temps elle était à la fenêtre, quand je passais.

À force de passer et de repasser, j'avais cru à la fin qu'elle me reconnaissait, et je lui adressais un petit sourire. Je m'étais même imaginé—vous savez comme on se fait des idées—qu'elle me souriait aussi.

C'était une erreur, j'en ai en la preuve depuis, mais trop tard malheureusement.

Je me disais: «Faudra que j'aille voir ça, un jour.»

En attendant, je m'informe, habilement, sans avoir l'air de rien.

Elle est mariée avec un monsieur pas commode, paraît-il, directeur d'une importante fabrique de mitrailleuses civiles.

Le monsieur pas commode sort tous les jours vers huit heures, se rend à son cercle, et ne rentre que fort tard dans la nuit.

«Bon, me dis-je, c'est bien ce qu'il me faut.»

Nous étions dans les environs de la mi-carême.

À l'occasion de cette solennité, j'avais été invité à un bal de camarades, costumé, naturellement.

On sait que j'ai beaucoup d'imagination; aussi tous les amis m'avaient dit: «Tâche de trouver un costume drôle.»

Et je me déguisai, dès le matin, en hussard rouge de Monaco.

Vous me direz qu'il n'y a pas de hussards rouges à Monaco; qu'il n'y a même pas du tout de hussards, ou que, s'il y en a, ils sont généralement en civil.

Je le sais aussi bien que vous, mais la fantaisie n'excuse-t-elle pas toutes les inexactitudes?

Tout en me contemplant dans la glace de mon armoire (une armoire à glace), je me disais «Tiens, mais ce serait véritablement l'occasion d'aller voir ma petite dame blonde. Elle n'aura rien à refuser à un hussard rouge d'aussi belle tournure.»

Le fait est, entre nous, que j'étais très bien dans ce costume. Pas mal du tout, même.

Je dîne de bonne heure.... Un bon dîner, substantiel, pour me donner des forces, arrosé de vins généreux, pour me donner du... toupet.

Je boucle mon ceinturon, car j'avais un sabre, comme de juste, et me voilà prêt pour l'attaque.

En arrivant près de la maison de mon adorée, j'aperçois le mari qui sort.

Bon, ça va bien.... Je le laisse s'éloigner, et je monte l'escalier doucement, à cause des éperons dont je n'ai pas une grande habitude et qui sont un peu longs chez les hussards rouges.

Je tire le pied d'une pauvre biche qui sert maintenant de cordon de sonnette.

Un petit pas se fait entendre derrière la porte. On ouvre. C'est elle... ma petite blonde. Je lui dis:

Au fait, qu'est-ce que j'ai bien pu lui dire?

Parce que, vous savez, dans ces moments-là, on dit ce qui vous vient à l'esprit, et puis, cinq minutes après, on serait bien pendu pour le répéter.

Mais ce que je me rappelle parfaitement, est qu'elle m'a répondu, d'un air furieux: «Vous êtes fou, monsieur!... Et mon mari qui va rentrer!... Tenez, je l'entends.»

Et v'lan! elle me claque la porte sur le nez.

En effet, quelqu'un montait l'escalier d'un pas lourd, le pas terrible de l'époux impitoyable.

Tout hussard rouge que j'étais, je l'avoue, j'eus le trac.

Il avait un moyen bien simple de sortir de la situation, me direz-vous. Descendre l'escalier et m'en aller tout bêtement. Mais, comme l'a très bien fait remarquer un philosophe anglais, ce sont les idées les plus simples qui viennent les dernières.

Je pensai à tout, sauf à partir.

Un instant, j'eus l'idée de dégainer et d'attendre le mari de pied ferme.

«Absurde, me dis-je, et compromettant.»

Et l'homme montait toujours.

Tout à coup, j'avise une petite porte que je n'avais pas remarquée tout d'abord, car elle était peinte, comme le reste du couloir, en imitation de marbre, mais quel drôle de marbre! un marbre de mi-carême!

Dans ces moments-là, on n'a pas de temps à perdre en frivole esthétique.

J'ouvre la porte, et je m'engouffre avec frénésie, sans même me demander où j'entre.

Il était temps. Le mari était au haut de l'escalier.

J'entends le grincement d'une clef dans la serrure, une porte qui s'ouvre, une porte qui se ferme, — la même sans doute, — et je puis enfin respirer.

Je pense alors à examiner la pièce où j'ai trouvé le salut.

Je vous donne en mille à deviner le drôle d'endroit où je m'étais fourré.

Vous souriez... donc vous avez deviné!

Eh bien! oui, c'était là, ou plutôt.... ICI!

Doucement, sans bruit, je lève le loquet, et je pousse la porte.... Elle résiste.

Je pousse un peu plus fort.... Elle résiste encore.

Je pousse tout à fait fort, avec une vigueur inhumaine. La porte résiste toujours, en porte qui a des raisons sérieuses pour ne pas s'ouvrir.

Je me dis: «C'est l'humidité qui a gonflé le bois!» Je m'arc-boute contre... le machin, et... han! Peine perdue.

Décidément, c'est de la bonne menuiserie.

Une idée infernale me vient.... Si le mari, m'ayant aperçu d'en bas et devinant mes coupables projets, m'avait enfermé là, grâce à un verrou extérieur!

Quelle situation pour un hussard rouge!

Un soir de mi-carême! Et moi qu'on attend au bal.

Non, non, ce n'est pas possible. J'éloigne de moi cette sombre pensée.

Et pourtant la porte reste immuable comme un roc.

De guerre lasse, je m'assieds—heureusement qu'on peut s'asseoir dans ces endroits-là—et j'attends. Parbleu! quelqu'un viendra bien me délivrer.

On ne vient pas vite. On ne vient même pas du tout.

Que mangent-ils donc dans cette maison?

Des confitures de coing, sans doute.

De la rue monte à mes oreilles le joyeux vacarme des trompes, des cors de chasse, des clairons, et puis—terrible!—le son des horloges, les quarts, les demies, les heures!...

Et le libérateur attendu n'arrive pas. Tous ces gens-là se sont donc gorgés de bismuth aujourd'hui?

La prochaine fois que je reviendrai dans cette maison, j'enverrai un melon à chaque locataire.

De temps en temps, avec un désespoir touchant, je me lève, et, faisant appel à toute mon énergie, je pousse la porte, je pousse, je pousse!

Ah! pour une bonne porte, c'est une bonne porte!

Enfin, épuisé, je renonce à la lutte. La poignée de mon sabre me rentre dans les côtes. Je l'accroche au loquet et je m'endors. Sommeil pénible, entrecoupé de cauchemars. Le bruit de la rue s'est éteint peu à peu. On n'entend plus qu'un cor de chasse qui s'obstine héroïquement dans le lointain.

Puis le cor de chasse va se coucher comme tout le monde....

Je me réveille!... C'est déjà le petit jour. Je me frotte les yeux et me rappelle tout. Mon sang de hussard rouge ne fait qu'un tour. Rageusement, je décroche mon sabre et le tire à moi....

Je n'ose vous dire le reste.

Imbécile que j'étais! double imbécile! triple imbécile! centuple idiot! multiple crétin! J'avais passé toute ma nuit à pousser la porte....

Elle s'ouvrait en dedans!...

Le veau *Conte de Noël pour Sara Salis*

Il y avait une fois un petit garçon qui avait été bien sage, bien sage.

Alors, pour son petit Noël, son papa lui avait donné un veau.

«Un vrai?

—Oui Sara, un vrai.

—En viande, et en peau?

—Oui, gara, en viande et en peau.

—Qui marchait avec ses pattes?

—Puisque je te dis un vrai veau!

—Alors?

—Alors, le petit garçon était bien content d'avoir un veau; seulement, comme il faisait des saletés dans le salon....

—Le petit garçon?

—Non, le veau.... Comme il faisait des saletés et du bruit, et qu'il cassait les joujoux de ses petites sœurs....

—Il avait des petites sœurs, le veau?

—Mais non, les petites sœurs du petit garçon... alors on lui bâtit une petite cabane dans le jardin, une jolie petite cabane en bois....

—Avec des petites fenêtres?

—Oui, Sara, des tas de petites fenêtres et des carreaux de toutes couleurs.... Le soir, c'était le Réveillon. Le papa et la maman du petit garçon étaient invités à souper chez une dame. Après dîner, on endort le petit garçon, et les parents s'en vont....

—On l'a laissé tout seul à la maison?

—Non, il y avait sa bonne.... Seulement le petit garçon ne dormait pas. Il faisait semblant. Quand la bonne a été couchée, le petit garçon s'est levé et il a été trouver des petits camarades, qui demeuraient à côté....

—Tout nu?

—Oh! non, il était habillé. Alors tous ces petits polissons, qui voulaient faire réveillon comme de grandes personnes, sont entrés dans la maison, mais ils ont été bien attrapés, la salle à manger et la cuisine étaient fermées. Alors, qu'est-ce qu'ils ont fait?...

— Qu'est-ce qu'ils ont fait, dis?

— Ils sont descendus dans le jardin et ils ont mangé le veau....

— Tout cru?

— Tout cru, tout cru.

—Oh! les vilains!

— Comme le veau cru est très difficile à digérer, tous ces petits polissons ont été très malades le lendemain. Heureusement que le médecin est venu! On leur a fait boire beaucoup de tisane, et ils ont été guéris.... Seulement, depuis ce moment-là, on n'a plus jamais donné de veau au petit garçon.

— Alors, qu'est-ce qu'il a dit, le petit garçon?

— Le petit garçon... il s'en fiche pas mal.»

Pour en avoir le cœur net

Ils s'en allaient tous les deux, remontant l'avenue de l'Opéra.

Lin, un gommeux quelconque, aux souliers plats relevés et pointus, aux vêtements étriqués, comme s'il avait dû sangloter pour les obtenir; en un mot, un de nos joyeux rétrécis.

Elle beaucoup mieux, toute petite, mignonne comme tout, avec des frisons fous plein le front, mais surtout une taille....

Invraisemblable, la taille!...

Elle aurait certainement pu, la petite blonde, sans se gêner beaucoup, employer comme ceinture son porte-bonheur d'or massif.

Et ils remontaient l'avenue de l'Opéra, lui de son pas bête et plat de gommeux idiot, elle, trottinant allègrement, portant haut sa petite tête effrontée.

Derrière eux, un grand cuirassier qui n'en revenait pas.

Complètement médusé par l'exiguïté phénoménale de cette taille de Parisienne, qu'il comparait, dans son esprit, aux robustesses de sa bonne amie, il murmurait, à part lui:

«Ça doit être postiche.»

Réflexion ridicule, pour quiconque a fait un tant soit peu d'anatomie.

On peut, en effet, avoir des fausses dents, des nattes artificielles, des hanches et des seins rajoutés, mais on conçoit qu'on ne peut avoir, d'aucune façon, une taille postiche.

Mais ce cuirassier, qui n'était d'ailleurs que de 2e classe, était aussi peu au courant de l'anatomie que des artifices de la toilette, et il continuait à murmurer, très ahuri:

«Ça doit être postiche.»

Ils étaient arrivés aux boulevards.

Le couple prit à droite et, bien que ce ne fût pas son chemin, le cuirassier les suivit.

Décidément, non, ce n'était pas possible, cette taille n'était pas une vraie taille. Il avait beau, le grand cavalier, se remémorer les plus jolies demoiselles de son chef-lieu de canton, pas une seule ne lui rappelait, même de loin, l'étroitesse inouïe de cette jolie guêpe.

Très troublé, le cuirassier résolut d'en avoir le cœur net et murmura:

«Nous verrons bien si c'est du faux.»

Alors, se portant à deux pas à droite de la jeune femme, il dégaina.

Le large bancal, horizontalement, fouetta l'air et s'abattit tranchant net la dame, en deux morceaux qui roulèrent sur le trottoir, tel un ver de terre tronçonné par la bêche du jardinier cruel.

C'est le gommeux qui faisait une tête!

Crime russe

Ce fut l'excès même de la hideur de cette vieille, je crois bien, qui m'attira chez elle.

Quand, passant dans une ruelle sinistre et transversale, je l'aperçus à sa fenêtre, cette détestable vieille, avec son masque violâtrement blafard, ses petits yeux où luisaient toutes les sales luxures, et sa frisottante perruque brune, si manifestement postiche, il me monta au cerveau une bouffée de cette lubricité fangeuse qui vient hanter les rêveries de certains très jeunes hommes et de quelques vieux dégoûtants.

De près, elle était répugnante au-delà de toute expression.

La couperose de ses vieilles joues molles se trouvait encore aggravée par le poudroiement louche d'une veloutine acquise chez une herboriste de onzième classe, sans doute avorteuse.

Des réparations successives à son énorme râtelier avaient mis des dents d'azur trouble à côté d'autres qui semblaient de vieil ivoire.

Et si, en ce moment, je n'avais pas eu l'esprit si calme, je me serais certainement cru le jouet d'un angoissant cauchemar.

Ce n'était pas le besoin qui la poussait à accomplir son immonde profession, car tout, chez elle, sentait l'aisance presque confortable.

Des draps fins et blancs garnissaient le lit, un lit de villageois cossus. Une armoire normande en chêne massif se carrait dans un coin de la chambre avec cet aspect riche, cette apparence — inexplicable par la raison — d'être remplie, qui fait que les gens comme moi distinguent infailliblement, même fermées, les armoires pleines des vides.

D'une voix crapuliforme qu'elle essayait de faire gazouillante, la vieille me causait. Elle disait la gloire de mes bottes.

«Comme tes bottes sont belles!»

Effectivement, mes bottes, ancien cadeau que me fit à Plewna le général Sakapharine, étaient plus belles que nulle langue humaine ne saurait l'exprimer.

Je goûtai la joie de contrarier la vieille:

«Mes bottes! Elles sont ignobles; je les ai payées trente-cinq sous, ce matin, à un ramasseur de bouts de cigares, place Maubert.

—Sale blagueur!»

Pendant que la conversation continuait sur ce ton, l'idée me vint, hantise vague d'abord, de tuer cette femme à propos de bottes.

Et je prononçai, à mi-voix, ces mots: à propos de bottes.

Dès lors, la résolution d'assassiner la vieille s'installa en moi, irrémissiblement.

Mon couteau était de ceux qu'on appelle couteaux de Nontron, et qu'on fabrique à Châtellerault.

La lame de ces armes est droite et pointue. Le manche rond se rétrécit vers le bas pour être bien en main, et une large virole mobile empêche que la lame ne se referme.

À un moment, la vieille me tourne le dos. Je lui plantai le coup, très fort et très droit, à une place que je sais. Pendant qu'elle s'affaissait sur les genoux en une posture désespérée, je lui maintenais le couteau dans la plaie, et la large virole empêchait le sang de couler.

Quand elle eut poussé son dernier hou rauque, quand l'hémorragie interne eut achevé de l'étouffer, je pris dans un tiroir de son armoire ses pièces d'or et quelques valeurs, et, refermant la porte sur moi, je m'en allai....

Toute cette scène n'avait pas duré dix minutes, et pas de bruit, pas de sang répandu.

Certes, pour de l'ouvrage bien faite, comme a dit le poète Sarcey, c'était de l'ouvrage bien faite [10].

Je me dirigeai vers la maison de ma maîtresse, une jeune femme qui s'appelle Nini et que mes amis ont surnommée Nini Novgorod, depuis que c'est moi son amant.

Un couple de sergents de ville arrivait lentement dans ma direction.

Je ne sais pas, mais leur air tranquille me fit passer à fleur de peau un frisson glacé. Ils me semblaient trop tranquilles.

Alors, effrontément, je plantai dans leurs yeux mon regard hardi, et tous les deux, comme mus par un mouvement machinal portèrent, en passant près de moi, la main à la visière de leur képi.

D'autres gens de police, rencontrés plus loin, et dévisagés de la même façon, me saluèrent aussi, répondant à ma secrète préoccupation.

«Nous vous prenons si peu, semblaient-ils dire, pour un assassin, cher monsieur, que nous n'hésitons pas à vous saluer respectueusement.»

Nini Novgorod n'était pas chez elle. Machinalement, je jetai un coup d'œil sur une glace du salon et me voilà secoué par le plus joyeux éclat de rire, peut-être, de toute ma vie.

Je m'expliquais mon prestige subit devant les gardiens de la paix.

La virole de mon couteau n'avait pas bouché hermétiquement la blessure de la vieille.

Par la solution de continuité qui permet à la lame de se refermer, avait giclé un léger filet de sang.

Ce filet était venu s'épanouir en rosette sur la boutonnière de ma redingote.

Tous ces imbéciles m'avaient pris pour un officier de la Légion d'honneur.

Le drame d'hier

Un horrible drame et des plus insolites s'est déroulé hier au sein de la coquette localité ordinairement si paisible de Paris (Seine).

Il pouvait être dans les trois ou quatre heures de l'après-midi, et par une de ces températures!...

Devant le bureau des omnibus du boulevard des Italiens, deux voitures de la Compagnie, l'une à destination de la Bastille, l'autre cinglant vers l'Odéon, se trouvaient pour le moment arrêtées et, comme on dit en marine, bord à bord.

Rien de plus ridicule, en telle circonstance, que la situation respective des voyageurs de l'impériale de chaque voiture, lesquels, sans jamais avoir été présentés, se trouvent brusquement en direct face à face et n'ont d'autre ressource que de se dévisager avec une certaine gêne qui, prolongée, se transforme bientôt en pure chien de faïencerie.

C'est précisément ce qui arriva hier.

Sur l'impériale Madeleine-Bastille, une jeune femme (créature d'aspect physique fort séduisant, nous ne cherchons pas à le nier, mais de rudimentaire culture mondaine et de colloque trivial) éclata de rire à la vue du monsieur décoré qui lui faisait vis-à-vis sur Batignolles Clichy Odéon et, narquoise, lui posa cette question fort à la mode depuis quelque temps à Paris et que les gens se répètent à tout propos et sans l'apparence de la plus faible nécessité:

«Qu'est-ce que tu prends, pour ton rhume?»

Le quinquagénaire sanguin auquel s'adressait cette demande saugrenue n'était point, par malheur, homme d'esprit ni de tolérance. Au lieu de tout simplement hausser les épaules, il se répandit contre la jeune femme frivole en mille invectives, la traitant tout à la fois de grue, de veau et de morue, triple injure n'indiquant pas chez celui qui la proférait un profond respect de la zoologie non plus qu'un vif souci de la logique.

«Va donc, hé, vieux dos! répliqua la jeune femme.»

(Le dos est un poisson montmartrois qui passe à tort ou à raison pour vivre du débordement de ses compagnes.)

Jusqu'à ce moment, les choses n'avaient revêtu aucun caractère de gravité exceptionnelle, quand le bonhomme eut la malencontreuse idée de tirer à bout portant un coup de revolver sur la jeune femme, laquelle riposta par un vigoureux coup d'ombrelle.

Si le courageux lecteur veut bien, en dépit de l'excessive température dont nous jouissons, faire un léger effort de mémoire, il se rappellera que nous en étions restés à ce moment du drame où un monsieur, assis à l'impériale de l'omnibus Batignolles Clichy Odéon, tirait un coup de revolver sur une jeune femme occupant un siège à l'impériale de Madeleine-Bastille, coup de revolver auquel la personne répondait par un énergique coup d'ombrelle sur le crâne du bonhomme.

Ce fut, chez tous les voyageurs de la voiture Madeleine-Bastille, une spontanée et violente clameur.

L'homme au revolver fut hué, invectivé, traité de tous les noms possibles, et même impossibles.

Juste à ce moment, les opérations du contrôle se trouvant terminées, les deux lourdes voitures s'ébranlèrent et partirent ensemble dans la même direction, l'une cinglant vers la Bastille, l'autre vers la rue de Richelieu.

Malheureusement, durant le court trajet qui sépare le bureau des Italiens de la rue de Richelieu, les choses s'envenimèrent gravement et le monsieur décoré crut devoir tirer un second coup de revolver sur un haut jeune homme qui se signalait par la rare virulence de ses brocards.

Les voyageurs d'omnibus ont bien des défauts, mais on ne saurait leur refuser un vif sentiment de solidarité et un dévouement aveugle pour leurs compagnons de voiture.

Aussi n'est-il point étonnant que les voyageurs Madeleine-Bastille aient pris fait et cause pour la jeune femme à l'ombrelle cependant que ceux du Batignolles Clichy Odéon embrassaient le parti du quinquagénaire à l'arme à feu.

Les cochers eux-mêmes des deux véhicules se passionnaient chacun pour leur cargaison humaine, échangeaient des propos haineux, et quand Batignolles Clichy Odéon s'enfourna dans la rue de Richelieu, Madeleine-Bastille n'hésita pas. Au lieu de poursuivre sa route vers la Bastille, il suivit son ennemi dans la direction du Théâtre Français.

Ce fut une lutte homérique. On fit descendre à l'intérieur les femmes et les enfants, les infirmes, les vieillards.

Pour être improvisées, les armes n'en furent que plus terribles.

Un garçon de chez Léon Laurent qui allait livrer un panier de champagne en ville offrit ses bouteilles qu'après avoir vidées on transforma en massues redoutables.

M.-B. allait succomber, quand un petit apprenti eut l'idée de descendre vivement et de dévaliser la boutique d'un marchand de sabres d'abordage qui se trouve à côté de la librairie Ollendorf.

Cette opération fut exécutée en moins de temps qu'il n'en faut pour l'écrire.

B.-C.-O., dès lors, ne pouvait songer à continuer la lutte et tout ce qui restait de voyageurs valides à bord descendit au bureau du Théâtre Français, la rage au cœur et ivre de représailles.

Quant aux ecclésiastiques, ils avaient été, comme toujours, admirables de dévouement et d'abnégation, relevant les blessés, les pansant, exhortant au courage ceux qui allaient mourir.

Loup de mer

—Eh ben, cap'tain Dupeteau, aurons-nous de la pluie, aujourd'hui?

—J'vas vous dire.... Si les vents tournent d'amont à la marée, ça pourrait ben être de l'eau....

—Et si les vents ne tournent pas d'amont?

—Ça ne serait pas signe de sec.

N'insistez pas, autrement vous ne pourriez tirer aucun renseignement plus précis du bon Dupeteau qu'on honore du nom de capitaine, bien qu'il ait été, tout au plus, maître au cabotage.

Dupeteau est un météorologue confus et mal déterminé qui prédit la pluie et le beau temps sans jamais se compromettre.

D'ailleurs, il a quitté la marine dont il était un piètre ornement pour s'établir limonadier au Havre, sur le Grand Quai (Café de la Flotte). À l'heure de la marée, les clients affluent chez lui, pressés de prendre une dernière consommation avant de s'embarquer pour Trouville, Honfleur ou Rouen.

Dupeteau, aimable et grave, la serviette sur le bras, contemple les libations de ces braves gens. Rien au monde, même au plus fort de la poussée, ne le déciderait à servir un vermouth sec, mais, quand la mer commence à baisser et que le dernier bateau parti, Dupeteau s'asseoit à sa terrasse, et, essuyant sur son front une sueur imaginaire, prononce avec accablement: «Encore une marée de faite!».

Des gens qui ont navigué avec lui m'affirment qu'il ne sera jamais aussi étonnant limonadier qu'il fut étrange marin.

Et, à ce sujet, les anecdotes pleuvent, innombrables. Car, sans qu'il sans doute, Dupeteau est entré vivant dans la légende.

De Dieppe à Cherbourg, c'est à qui racontera la sienne.

Un jour, Dupeteau sortait du port de Honfleur avec son sloop, le «Bon Sauveur», à destination de Caen. Au bout de quelques minutes, le vent vint à tomber complètement, comme le courant était contraire, Dupeteau commanda: «Mouille!». Et l'on jeta l'ancre.

Sur le soir, la brise fraîchit. Notre ami fit hisser les voiles et, en bon garçon qu'il est, permit à ses deux matelots d'aller se coucher.

«J'ai pas sommeil, dit-il j'vas rester à la barre, s'il y a du nouveau, j'vous appellerai».

Le lendemain, au petit jour, un des hommes monta sur le pont et poussa un hurlement d'étonnement: «Mais, n... de D..., cap'taine, nous n'avons pas bougé depuis hier soir!»

«Comment, pas bougé?» répliqua tranquillement Dupeteau. «S'il n'était pas de si bonne heure, j'te dirais qu'tes saoul, mon pauv' Garçon». «Mais ben sûr que non, cap'taine, que nous n'avons pas bougé.... Nous v'là encore sous la côte de Vasouy». «Cré guenon, c'est vrai!... nous sommes p'têtes ben échoués?»

On sonda. Au moins dix brasses d'eau!

Dupeteau n'y comprenait rien et croyait à une sorcellerie quand il se rappela subitement qu'il n'avait oublié qu'une chose la veille, c'était de faire lever l'ancre!

Un autre jour, Dupeteau descendait la rivière de Bordeaux avec la goélette «Marie Émilie», chargée de vin pour Vannes.

Presque bord à bord naviguait un grand trois mâts.

La conversation s'engage entre les deux capitaines: «Et ou qu'vous allez comme ça?» fit Dupeteau.

Un grincement de poulie empêcha ce dernier, un peu dur d'oreille, d'entendre la réponse. Il demanda à son mousse: «Où qu'il a dit qu'il allait?».»A Vannes».»Ah ben, ça tombe rudement bien. Nous allons le suivre. C'est le tonnerre de Dieu pour y aller. Une fois je me suis trompé, je suis entré à Lorient, croyant être à Vannes».

Et il se mit en mesure de suivre les trois-mâts, à une distance de quelques encablures.

C'était à la fin décembre.

Au bout de quelques jours de navigation, la chaleur devint excessive. Dupeteau enleva son tricot, puis sa chemise de flanelle.

«Cré guenon! jamais j'nai vu un temps comme ça à Noël!».

Pourtant le voyage lui paraissait un peu long. On avait cependant un bon vent arrière.

La chaleur était devenue insupportable et Dupeteau trouvait décidément que c'était un drôle de mois de janvier. L'eau douce manquant, l'équipage buvait le Bordeaux du chargement.

Enfin on signala la terre.

Des pirogues chargées de nègres accostèrent la «Marie Émilie».

Dupeteau commençait à être inquiet. Ça ne ressemblait pas du tout au Morbihan cette côte là. Il croyait être à Vannes... il était à La Havane.

Si cette aventure vous paraît un peu invraisemblable, c'est que vous ne connaissez pas Dupeteau: avec ce loup de mer, rien n'est impossible.

NOTES:

[1] Pour éviter toute confusion, le *Morse* en question est un appareil de transmission télégraphique ainsi appelé du nom de son inventeur, et non pas un *veau marin*. La présence de ce dernier, fréquente dans les mers glaciales, est, d'ailleurs, assez rare dans les bureaux de poste français.

[2] Ça a l'air de vous étonner?

[3] Le mot *gnolle* a été récemment révélé à Axelsen par le feuilleton de M. Jules Lemaître dans *les Débats*. Sur la foi du jeune et intelligent critique, Axelsen emploie maintenant le mot *gnolle* dans les meilleures sociétés de la rue Lepic.

[4] Le cigare ne se récolte pas sur les arbres, ainsi que beaucoup de personnes se l'imaginent à tort. C'est, au contraire, un produit manufacturé dont la fabrication exige beaucoup d'astuce et de tact.

[5] Des personnes ignorantes pourront s'étonner de ce que des larmes assez caustiques pour détruire le noir, puissent respecter le rose. Parce que, tas de brutes, la coloration rose de la peau n'est pas due à un pigment, mais bien au sang qu'on aperçoit par transparence.

[6] Gens qui stationnent sur la place (*note de l'auteur*).

[7] Le caractère de M. Alphonse Allais est tout entier dans cette phrase. (*Note de l'auteur*).

[8] Vermicelli, célèbre peintre italien qui florissait à Gennevilliers vers la fin du XIXe siècle.

[9] Si par hasard, un descendant de ce monarque se trouvait offusqué de cette appréciation, il n'a qu'à venir me trouver. Je n'ai jamais reculé devant un Valois. A.A.

[10] Ouvrage est féminin en russe. Note du traducteur.